Jürgen Banscherus

Der unglaubliche Lauf der Fatima Brahimi

Arena

Zu diesem Titel stehen Unterrichtserarbeitungen
zum kostenlosen Download zur Verfügung.

Dieses Buch ist auch als Hörbuch erhältlich.

FSC
www.fsc.org
MIX
Papier aus verantwortungsvollen Quellen
FSC® C110508

1. Auflage 2017

Umschlag- und Innenillustrationen: Michael Bayer
Gesamtherstellung: Westermann Druck Zwickau GmbH
ISBN 978-3-401-50977-8

Besuche uns unter:
www.arena-verlag.de
www.twitter.com/arenaverlag
www.facebook.com/arenaverlagfans

Fatima lief.
Fatima läuft.
Fatima wird laufen.

Damit wäre eigentlich alles gesagt. Zeitraffer sozusagen. 800 Meter unter zehn Sekunden. Aber mein Vater meint, so leicht dürfte ich es mir nicht machen. Wenn man verstehen wolle, was passiert sei und warum, müsse ich schon ein bisschen mehr erzählen. Na gut, dann stelle ich mich am besten erst einmal vor.

Ich heiße Jakob Ter-Owanesian. Der Name Ter-Owanesian stammt aus Armenien. Das ist ein Land am Schwarzen Meer. Es lebt von der Schnapsherstellung, vom Weinanbau und vom Schmuggel. Genau in dieser Reihenfolge, behauptet mein Vater. Keine Ahnung, ob das stimmt, er liebt solche Sprüche. Ein Mensch namens Igor Ter-Owanesian gehörte mal zu den besten Weitspringern der Welt. Angeblich sind wir um ein paar Ecken mit ihm verwandt.

Irgendwann hat mein Vater sein Dorf in den armenischen Weinbergen verlassen und ist auf dem Umweg über Paris und London in Deutschland gelandet. Hier hat er meine Mutter kennengelernt. Als Mädchen hieß sie Martina Ritter-Vogel. Seit meine Eltern geheiratet haben, lautet ihr vollständiger Name: Martina Ter-

Owanesian-Ritter-Vogel. Wenn sie ihre Unterschrift auf ein Formular setzen muss, schreibt sie immer winzig klein, sonst kommt sie mit dem Platz nicht hin.

Mein Vater entwickelt in seiner Werkstatt unterm Dach Brettspiele mit Wolkenkratzern, Brücken und Autobahnen. Dafür braucht er vor allem Stich- und Laubsägen, Kleber, Rasierklingen und Scheren. Meine Mutter baut richtige Häuser. Mithilfe von Betonmischern, Baggern, Kränen, Gerüsten und dem ganzen Kram. Einen Monat, bevor meine Geschichte begann, war sie nach Dubai auf die arabische Halbinsel geflogen, um im Auftrag ihres Architekturbüros den Neubau eines Luxushotels zu beaufsichtigen. Die teuerste Suite des Palastes wird später für eine Nacht so viel kosten, wie meine Mutter in einem Monat verdient.

1

Normalerweise ist der erste Schultag nach den Ferien zum Gähnen langweilig – selbst wenn es sich nur um die superkurzen Pfingstferien gehandelt hat. Aber diesmal war es anders. Zur ersten Stunde brachte unser Klassenlehrer nämlich eine Neue mit. Dr. Alexander Brill gibt bei uns Deutsch – und das mit vollem Stimm- und Körpereinsatz.

»Das ist Fatima«, stellte er das Mädchen vor. »Eure neue Mitschülerin.«

»Die hat uns gerade noch gefehlt«, murmelte Jan.

»Was hast du gesagt?«

»Nichts, Herr Doktor Brill.«

Unser Klassenlehrer räusperte sich. »Na, das will ich auch hoffen, mein Lieber. Wo war ich? Ach ja: Fatima kommt aus Tunesien.«

»Algerien«, flüsterte das Mädchen. Es trug ein blassgrünes Kopftuch, das Haare, Hals und die halbe Stirn bedeckte, und dazu ein langes blassrotes Kleid. Sie war mindestens so dünn wie ich, und das will was heißen.

»Wie bitte?«, brüllte unser Klassenlehrer. Im Schiller-Gymnasium nennt ihn jeder »Doktor Brüll«.

Fatima zuckte zusammen. Wenn man den Brill nicht

kennt und er gibt Vollgas, kann man es mit der Angst kriegen. Dabei ist er schwer in Ordnung, finde ich.

»Meine Familie kommt aus Algerien«, flüsterte Fatima.

»Ach ja ...«

»Tunesien ist woanders«, fügte das Mädchen hinzu.

»Wie auch immer«, brüllte Dr. Brill und wieder zuckte die Neue zusammen. »Seid nett zu ihr. Wer wünscht sich Fatima als Tischnachbarin?«

Sofort meldete sich jemand. Aber es war nicht etwa eines der Mädchen, wie man vielleicht hätte erwarten können. Neben Charlotte zum Beispiel war seit Beginn des Schuljahrs ein Platz frei. Nein, ich hob den Finger. Ich, Jakob Ter-Owanesian. Doch ich tat das nicht, weil mir Fatima schon beim Hereinkommen sympathisch gewesen wäre und ich unbedingt neben ihr sitzen wollte. Ich hob den Finger, weil ich plötzlich mehr als dringend aufs Klo musste. Doch bevor ich das dem Brüll erklären konnte, donnerte der auch schon: »Du? Na prächtig!«

Dann beugte er sich zu Fatima hinunter. »Setz dich bitte zu unserem geschätzten Jakob«, sagte er.

»Darf ich zur Toilette?«, rief ich, bevor der Brüll weiterreden konnte. Ich hatte echt Angst, dass gleich ein Unglück passierte. Alarmstufe Rot sozusagen.

»Schwing die Hufe!«, rief Doktor Brill und ich rannte aus dem Klassenzimmer, hinter mir das Gelächter meiner Mitschüler.

So kam es, dass ich wahrscheinlich der einzige Schüler in der Geschichte des Schiller-Gymnasiums bin, der eine Tischnachbarin kriegte, weil er aufs Klo musste. Als ich erleichtert in den Klassenraum der 5a zurückkehrte, hatte Fatima bereits einen Block aus ihrer Schultasche gezogen und schrieb eifrig mit, was uns der Brüll über die nächste Klassenlektüre erzählte.

Auch aus der Nähe betrachtet, schien die Neue nur aus Haut und Knochen zu bestehen. Die Nase ragte spitz aus ihrem vom Kopftuch umrahmten Gesicht, zwischen den pechschwarzen Augenbrauen war eine tiefe Falte zu sehen. Bestimmt merkte Fatima, dass ich sie beobachtete. Aber sie würdigte mich keines Blickes.

In der ersten großen Pause kam Nick zu mir. Normalerweise war er mit seinen Freunden Jan, Finn-Ole und Kaspar auf dem Schulhof unterwegs und heckte irgendwelchen Unsinn aus. Mädchen ärgern, gut durchgekaute Kaugummis auf Türklinken kleben und so was. Mich hatte er nie gefragt, ob ich mitmachen wollte. Mit mir sprach, wenn ich ehrlich sein soll, sowieso nur selten jemand.

»Na?«, sagte er.

»Ja?«, fragte ich.

»Wie ist sie?«, wollte er wissen.

Ich stellte mich dumm. »Wer?«, fragte ich.

»Das weißt du genau!«

»Nö.«

»Die Neue. Diese Fatima!«

»Ach so.«

»Und?«

»Keine Ahnung«, antwortete ich.

»Komm schon!« Nick blieb hartnäckig. »Du wolltest doch unbedingt, dass sie neben dir sitzt!«

»Stimmt ja gar nicht!«

»Stimmt wohl!«

»Ich musste aufs Klo«, erwiderte ich. »Deshalb habe ich mich gemeldet.«

»Die ist irgendwie komisch«, sagte Nick.

»Komisch?«

»Wie die schon aussieht!«

»Wie denn?«

»Wie ihre eigene Oma!«

»Mir egal«, knurrte ich und ließ Nick stehen. Er trottete ohne brauchbare Informationen zu seinen Freunden zurück, die neben der Turnhalle auf ihn warteten. Bis jetzt hatten mich die vier in Ruhe gelassen. Ich hoffte sehr, dass es so blieb.

Nach der Pause trafen Fatima und ich fast gleichzeitig im Klassenzimmer ein. In der nächsten Stunde hatten wir Bio, Frau Lantermann kam meistens zu spät.

»Hallo«, sagte ich.

»Hallo«, flüsterte Fatima, ohne mich dabei anzuschauen. Die kahle Wand hinter mir schien interessanter zu sein.

»Ich heiße übrigens Jakob«, fuhr ich fort. Keine Ahnung, was ich sonst hätte sagen sollen. Immerhin hatte ich während der letzten neun Monate allein an meinem Tisch gesessen. Da vergisst man ein bisschen, wie man ein Gespräch mit einem wildfremden Menschen beginnt.

»Ich weiß.«

Natürlich wusste sie es. Schließlich hatte ihr der Brüll meinen Namen gesagt.

»Na dann ...«, sagte ich.

Sie nickte. Meine Eltern hatten mir schon früh beigebracht, andere Leute beim Sprechen anzuschauen. Das Mädchen aus Nordafrika schien das noch lernen zu müssen.

»In welchen Fächern bist du gut?«, machte ich einen letzten Versuch, Fatima zum Reden zu bringen.

»Sport«, flüsterte sie, während sie angestrengt in ihrer Schultasche kramte.

»Sport?« Ich verkniff mir nur mit Mühe ein Grinsen. Sport mit Kopftuch und Omakleid? Wie sollte das denn funktionieren?

»Etwa Schach?«, fragte ich weiter. Es sollte ein Scherz sein. Aber Fatima machte ein Gesicht, als hätte sie den Witz nicht verstanden. Vielleicht sollten mir ihre hochgezogenen Augenbrauen aber auch zeigen, dass sie mich für einen ausgewachsenen Blödmann hielt.

Bevor Fatima mir hätte antworten können, betrat Frau Lantermann das Klassenzimmer – wie fast immer fünf Minuten zu spät. Und wie immer umwehte sie ein intensiver Nikotingeruch. In den großen Pausen qualmte sie ihren alten Polo voll, das hatten Jan und seine Freunde entdeckt.

Als unsere Biolehrerin meine Nachbarin erblickte, blieb sie stehen. »Du bist bestimmt Fatima«, sagte sie. Fatima lächelte unsere Lehrerin an und gab ihr bereitwillig die Hand. Aha, so sah es aus, jetzt verstand ich:

Meine neue Nachbarin *wollte* mich nicht anschauen. Na, mir sollte es egal sein. Ab jetzt würde ich Fatima genauso übersehen wie sie mich. Außerdem nahm ich mir fest vor, mit Charlotte zu reden. Vielleicht hatte sie ja Lust, Fatima als Tischnachbarin zu übernehmen. Mit Jungen schien das Mädchen echt nichts am Hut zu haben. Oder sagen wir besser – am Kopftuch.

»Wir werden sicher gut miteinander auskommen«, fuhr Frau Lantermann fort.

»Bestimmt«, murmelte Jan. Er muss alles und jedes kommentieren, er kann nicht anders.

»Hast du was gesagt, Jan?«

»Nein, Frau Lantermann.«

»Da bin ich aber froh!«

2

Nach Schulschluss packte meine neue Tischnachbarin ihre Sachen zusammen und verließ wortlos unser Klassenzimmer. Ich war wie üblich mit dem Fahrrad zur Schule gefahren und musste es erst zwischen den Rädern, die links und rechts des Eingangsportals standen, hervorholen. Als ich es endlich geschafft hatte, war Fatima schon verschwunden.

Kurz vor der Berliner Straße, in der wir in einem von meiner Mutter höchstpersönlich entworfenen Haus wohnen, sah ich sie plötzlich den Bürgersteig entlangrennen. Eigentlich hatte ich ja gerade erst beschlossen, sie nicht mehr zu beachten. Aber seit der Biostunde kitzelte mich eine Frage, die ich unbedingt loswerden musste. Deshalb schaltete ich in den höchsten Gang und gab Vollgas.

In der Nähe der Container-Siedlung, in der seit ein paar Jahren Flüchtlinge untergebracht waren, hatte ich Fatima eingeholt.

»Hey!«, rief ich.

Sie nickte nur, ohne ihr Tempo zu verringern und ohne mich anzuschauen. Was anderes hätte mich nach dem, was ich in der Schule erlebt hatte, auch echt gewundert. Ich schaltete ein paar Gänge tiefer und radelte neben ihr her.

»Wohnst du hier?«

Sie schüttelte den Kopf.

»Wo dann?«, fragte ich weiter.

»Berliner Straße!«

Das gab's ja gar nicht!

»Ich auch!«, rief ich. »Welche Nummer?«

»14!«

»Ich wohne in der 84! Hast du gerade den Bus genommen?«

Sie schaute mich erstaunt an. Zumindest guckte sie in meine Richtung. Das war doch schon mal was.

»Nein.«

»Wie bist du dann hergekommen?«, fragte ich.

»Zu Fuß.«

»Den ganzen Weg?«

Sie nickte.

Ich warf einen raschen Blick auf meine Armbanduhr. Fatima hatte für die Strecke zwischen Schiller-Gymnasium und Berliner Straße offenbar nicht mehr Zeit als der Bus gebraucht. Das war unglaublich. Ach was, das war außerirdisch!

»Jetzt bleib doch mal stehen!«, rief ich. Obwohl sie ihr Tempo nicht verringerte, schien sie kaum außer Puste zu sein. Für mich galt das ganz und gar nicht. Meine Oberschenkel begannen bereits zu brennen.

»Warum?«

Ja, wieso eigentlich? Weil sie zu schnell für mich war? Weil ich sie unbedingt noch fragen musste, warum sie mich in der Schule nicht angeschaut hatte, Frau Lantermann aber wohl? Keine Ahnung. Jedenfalls bog sie plötzlich ab und verschwand ohne Abschied in dem Haus direkt neben der Pizzeria *Rimini*.

Bevor die Wohncontainer aufgestellt worden waren, wohnten hier Flüchtlingsfamilien. Einmal hatte ich mich mit einem Jungen angefreundet. Ali hieß er. Er hatte mir Handstand beigebracht und ich ihm ein paar Brocken Deutsch. »Ich heiße«, »ich wohne«, »ich suche«, »wie viel kostet« und so was. Aber dann war er mit seinen Eltern und seinen vier Schwestern in eine andere Stadt gezogen und ich hatte nie mehr was von ihm gehört.

Warum ich mich von diesem Tag an eigentlich nur noch für Fatima interessierte? Besser gesagt für ihr unglaubliches Lauftalent? Warum ich mit dem Gedanken daran ins Bett ging und am Morgen aufstand? Das hat wohl mit meiner Leidenschaft für Zeiten zu tun. Von den 1 500 Metern der Männer bei den Olympischen Spielen 1972 in München (es gewann der Finne Pekka Vasala in 3:36,33 Minuten) bis zu den 3 000 Metern Hindernis in London (es siegte Ezekiel Kemboi aus Kenia in mäßigen 8:18,56 Minuten) – in meinem Kopf war eine gigantische Menge von Daten gespeichert. Aber nicht nur von Ergebnissen bei Olympischen Spielen oder Welt- und Europameisterschaften in der Leichtathletik. Las ich in der Zeitung einen Artikel über ein popeliges Bezirkssportfest irgendwo in der Pampa, merkte ich mir auch Namen und Siegerzeit einer unbekannten 1 000-Meter-Läuferin.

Mein Vater hätte gern gesehen, wenn ich selbst ein berühmter Läufer oder Weitspringer wie Igor Ter-Owanesian geworden wäre. Deshalb hatten mich meine Eltern schon mit sechs in einem Sportverein angemeldet. Aber ich gehörte immer zu den Langsamsten. Und beim Weitsprung schaffte ich es kaum bis in die Grube. Deshalb war meine Sportlerlaufbahn auch schon nach einem Jahr beendet. Was von meiner Karriere blieb, war die Macke, alle Zeiten auswendig zu kennen. Mein Vater behauptet, ich könnte bei jeder Quizsendung im Fernsehen gewinnen. Mal sehen, vielleicht melde ich mich irgendwann für eine an.

In den ersten Wochen des Schuljahrs hatte ich mit meinen Kenntnissen zu glänzen versucht. Seitdem hielten mich die meisten meiner Klassenkameraden für komplett bescheuert. »Spinner« nannten sie mich, keine Ahnung, wer damit begonnen hatte. Am Anfang hatte ich ein Problem damit. Mit der Zeit gewöhnte ich mich daran.

»Wir haben eine Neue gekriegt«, erzählte ich meinem Vater beim Mittagessen. Es gab Bohneneintopf mit Brühwurst. Aus Armenien stammte das Gericht garantiert nicht. Dort schmeckt alles nach Schwarzkümmel, Koriander und anderen seltsamen Gewürzen. Wir hatten im Jahr zuvor meine Großeltern besucht. Es hatte ein paar Tage gedauert und einige Liter Kamillentee gebraucht, bis sich mein Magen an das fremde Essen gewöhnt hatte. Inzwischen mochte ich es ganz gern – jedenfalls lieber als Bohnen mit Brühwurst.

»Fatima kommt aus Algerien«, fuhr ich fort.

»Aha.«

»Sie sitzt neben mir.«

»Schön.« Mein Vater nahm sich eine zweite Portion Bohneneintopf. Er kann so viel essen, wie er will, er nimmt nicht zu. Meine Mutter findet das gemein.

»Außerdem wohnt sie in unserer Straße«, sagte ich. »In dem Haus neben der Pizzeria.«

»Na, wunderbar.« Er steckte sich ein viel zu großes Stück Wurst in den Mund. »Vielleicht kannst du dich ja mit ihr treffen!«, nuschelte er. »Wäre doch schön, eine Freundin zu haben!«

»Treffen? Mit Fatima?« Ich lachte. »Die schaut mich nicht mal an! Die guckt weg, wenn ich mit ihr rede!«

Bevor wir unser Gespräch fortsetzen konnten, meldete sich meine Mutter aus Dubai. Wir haben auf dem Computer Skype installiert. Da konnten wir reden und uns dabei sehen. Es wurde höchste Zeit, dass Mama nach Hause kam – und das nicht nur, weil sie viel besser kocht als mein Vater.

Sie berichtete, dass sie gerade mit dem Innenausbau des Hotels begonnen hätten, dass das bei vierhundert Zimmern und Suiten keine Kleinigkeit sei und dass es jeden Tag neuen Ärger mit den Handwerkern gebe. Auf meine Frage, wann sie endlich nach Hause komme, antwortete sie, dass sie das nicht so genau wisse, dass es aber bestimmt nicht mehr lange dauern werde. Bevor sie auflegte, warf sie uns noch über 5 000 Kilometer eine Kusshand zu. Oder besser: zwei. Eine für meinen Vater und eine für mich.

Auf dem Weg in mein Zimmer blieb ich vor dem großen Flurspiegel stehen und unterzog mich einer gründlichen Prüfung. Anders als meine Mutter machte ich das nur selten, aber an diesem Tag musste es sein. Vielleicht lag es daran, dass jetzt in der Schule ein Mädchen neben mir saß.

Vor mir stand ein schmaler Junge in geflickter Jeans und mit schwarzem T-Shirt, etwa vierzig Kilo und ein paar Gramm schwer und knapp über 1,60 Meter groß. Arme zu dünn, Beine zu dünn, Füße viel zu groß. Trotzdem gab es keinen Grund, mir über mein Aussehen Gedanken zu machen. Hässlich war ich nicht, da gab es andere in der 5a.

In meinem Zimmer fuhr ich den Rechner hoch und sah mir in den nächsten Stunden auf YouTube Aufzeichnungen der letzten Olympiaden an. Die olympischen Rekorde von 100 Metern bis zum Marathonlauf kannte ich bis auf die Hundertstelsekunde auswendig. Bei den Frauen fehlten mir noch einige Zeiten. Und ich wusste, dass ich sie am besten behielt, wenn ich mir die Rekordläufe anschaute. Da mussten die Schularbeiten warten.

3

Der nächste Schultag verlief ereignislos. Total tote Hose sozusagen. Hätte ich mir nicht die 5000-Meter-Zeiten der Frauen bei den letzten Leichtathletik-Weltmeisterschaften einzuprägen versucht, wäre ich spätestens in der zweiten Stunde in Tiefschlaf verfallen. Fatima hockte stumm wie ein schwarzäugiger Fisch neben mir und schrieb alles mit, was die Lehrer von sich gaben. Wahrscheinlich notierte sie sogar die zahllosen »Ähs« von Herrn Leineweber, unserem Geschichtslehrer. Irgendwann hatte ich versucht, sie zu zählen. Bei 124 »Ähs« hatte ich das Handtuch geworfen – und da waren es immer noch zehn Minuten bis zum Ende des Unterrichts gewesen. Ein paar Mal schauten Jan und seine Freunde zu mir herüber. Als sie aber feststellten, dass sich zwischen Fatima und mir nichts abspielte, schienen sie das Interesse zu verlieren.

Nach der letzten Stunde gehörte meine neue Tischnachbarin zu den Ersten, die das Klassenzimmer verließen. Wie am Tag zuvor rannte sie den Weg nach Hause. Ich hatte inzwischen festgestellt, dass sie Straßenschuhe mit dünnen Sohlen trug. Eigentlich hätte sie gleich barfuß rennen können – wie der geniale äthiopische Marathonläufer Abebe Bikila bei den Olympischen Spielen 1960 in Rom. Fatima und ich hatten den Morgen über kein Wort miteinander gesprochen. Deshalb sah ich keine andere Chance, als meine Frage jetzt loszuwerden.

»Bleib stehen!«, japste ich, nachdem ich sie mit meinem Fahrrad eingeholt hatte. Mir war plötzlich ein bisschen schwindlig, es dauerte einen Moment, bis sich die Fahrbahn nicht mehr bewegte. Dabei war ich mit meinem Vater in den Osterferien 80 Kilometer über einen Radwanderweg gefahren, ohne schlappzumachen.

»Ich will doch nur was wissen!«, rief ich, weil Fatima nicht reagierte.

Endlich verlangsamte sie ihre Schritte. Dann blieb sie stehen. Noch immer schaute sie mich nicht an.

»Ist schon mal gestoppt worden, wie schnell du bist?«, fragte ich.

Sie nickte.

»Auf welcher Strecke?«

Sie flüsterte etwas, das ich nicht verstand.

»Wie bitte?«

»Zwei Runden im Stadion«, antwortete sie. »In der Grundschule. Letzten Sommer.«

Nicht zu fassen, das war ja fast ein ganzer Satz!

»In welcher Zeit bist du die 800 Meter gelaufen?«, ließ ich nicht locker.

»Unter drei Minuten.«

»Genauer weißt du es nicht?«

»Nein.«

»Gab's denn keine Stoppuhr?«, fragte ich weiter.

»Nur eine Armbanduhr.«

Jan war ein Großmaul. Aber er war auch der mit Abstand beste Läufer in der ganzen Unterstufe. 2 Minuten, 50 Sekunden und 7 Hundertstel hatte er beim letzten Sportfest für die 800 Meter gebraucht. Dafür hatte er eine besondere Auszeichnung bekommen. Er hatte sogar mit Bild und Urkunde in der Zeitung gestanden. Und dieses spindeldürre Mädchen im Oma-Look wollte schon vor einem Jahr fast genauso schnell gewesen sein?

»Und was hat deine Lehrerin zu der Zeit gesagt?«

»Nichts.«

»Gar nichts?«

»Gar nichts.«

»Glaube ich nicht«, sagte ich. Jeder Mensch, der nur ein bisschen was von Sport verstand, hätte Fatima sofort in einem Verein anmelden müssen. Oder besser gleich in einem Olympiastützpunkt. Wenn die Zeit wirklich stimmte, hatte Fatimas Lehrerin keine Ahnung von Leichtathletik. Und das konnte ich mir nicht vorstellen.

»Welche Note hat sie dir in Sport gegeben?«, wollte ich wissen.

»Eine Drei«, antwortete Fatima.

»Nur eine Drei?«, rief ich. »Und du hast dich nicht dagegen gewehrt?«

»Wehren? Gegen eine Lehrerin?«, murmelte sie und begann wieder zu laufen.

Als ich nach Hause kam, war mein Vater nicht da. Dafür klingelte das Telefon.

»Hier ist Marie«, hörte ich eine vertraute Stimme. Marie ist unsere Klassensprecherin. Und das hübscheste Mädchen der Schule. Und total schlau. Und gut in Sport. Und supernett. Und blond. Und sie hat blaue Augen. Und Beine bis mindestens zum Hals. Alle Jungs sind in sie verliebt ... glaube ich.

Ich schluckte. »Ma... Ma...?«, stotterte ich.

»Ich wollte dich zu meiner Geburtstagsparty einladen«, fuhr sie fort.

»Du ... du ... meinst ...« Himmel, das blöde Stottern wurde immer schlimmer! Ich rede nicht besonders viel. Aber gestottert hatte ich noch nie.

»Du kommst doch?«, fragte sie.

»K... k... klar.«

»Morgen Nachmittag um drei?«

»Danke.«

Das war nun irgendwie nicht die beste Antwort auf Maries Frage, aber was anderes brachte ich nicht heraus. Unfallfrei, meine ich. Sie erklärte mir noch genau, wo sie wohnte, und legte auf. Und ich? Ich musste erst mal tief durchatmen. Meine erste Einladung zu einer Geburtstagsfeier bei jemandem aus meiner Klasse – und das ausgerechnet bei Marie!

Tags darauf hatten wir in der letzten Stunde Sport. Herr Schrage, unser Sportlehrer, war früher ein richtig guter Ringer gewesen. Er hatte sogar an zwei Olympischen Spielen teilgenommen. In Los Angeles und Seoul. Eine Medaille hatte er nicht gewonnen, hatte es aber jedes Mal bis in die dritte Runde geschafft. Das hatte ich überprüft, schließlich brauchte ich dafür bloß den Rechner hochzufahren.

Herrn Schrages Ohren sahen irgendwie ausgefranst aus, was bei seiner für gewöhnlich spiegelblank gewienerten Glatze besonders auffiel. Das käme vom Ringen, hatte er uns gleich zu Beginn des Schuljahrs erzählt und hinzugefügt, dass solche hübschen Lauscher unter Profis gar nicht so selten seien. Wer es von uns wagen sollte, sich über seine »Blumenkohlohren« lustig zu machen, müsse damit rechnen, von ihm umgehend auf die Matte gelegt zu werden. Und das werde kein Vergnügen sein, das könne er uns versprechen. Jan hatte seine Drohung natürlich ausgetestet und danach eine Woche lang kaum gehen können. Aber seitdem war er der größte Fan unseres Sportlehrers.

»Wen haben wir denn da?«, begrüßte Herr Schrage Fatima, nachdem wir uns in der Turnhalle aufgestellt hatten.

»Ich heiße Fatima«, flüsterte sie.

»Aha.« Unser Sportlehrer betrachtete sie nachdenklich. Sie schaute vor sich auf den Boden, als gäbe es dort etwas Spannendes zu sehen, eine Vogelspinne zum Beispiel oder eine Königskobra. Aber da war nur hellbraunes abgenutztes Parkett.

»Heute steht Volleyball auf dem Programm«, erklärte er. »Da ist ein langes Kleid ziemlich lästig, finde ich. Und das Kopftuch willst du wirklich aufbehalten?«

»Klar will sie das!«, rief Jan. »Wahrscheinlich ist sie sonst hässlich wie die Na...!«

»Habe ich dich gefragt?«, unterbrach ihn Herr Schrage.

»Nee. Entschuldigung«, murmelte Jan.

»Also: Willst du das Kopftuch aufbehalten, Fatima?«, wiederholte unser Sportlehrer seine Frage.

Sie nickte.

»Na gut.«

Erst jetzt schien er zu bemerken, dass das Mädchen als Einzige mit nackten Füßen vor ihm stand. »Aber das geht nun überhaupt nicht«, sagte er. »Barfuß kannst du dich viel zu leicht verletzen. Hast du keine Turnschuhe dabei?«

Sie schüttelte den Kopf. Immer noch schaute sie nicht hoch.

Eine Schülerin mit Kopftuch, langem Kleid und ohne Sportschuhe – das hatte Herr Schrage offenbar noch nie erlebt.

Doch plötzlich hellte sich sein Gesicht auf. »Welche Schuhgröße hast du?«, wollte er von Fatima wissen.

»Sechsunddreißig.«

Unser Sportlehrer verschwand und kehrte mit zwei Paar Turnschuhen zurück: das eine in einem außergewöhnlich scheußlichen Pink, das andere in einem sensationell verwaschenen Weiß.

»Welches Paar möchtest du?«, fragte er.

»Pink«, flüsterte Fatima. Wie es aussah, war ihr die Situation mehr als peinlich. Wäre mir wahrscheinlich genauso gegangen, wenn ich vor der ganzen Klasse hätte zugeben müssen, nicht mal Turnschuhe zu besitzen.

Nach diesem Vorspiel wurde es eine Sportstunde wie immer, zumindest sah es zunächst so aus. Fatima schien zum ersten Mal in ihrem Leben Volleyball zu spielen. Wenn sie tatsächlich den Ball bekam, machte der, was er wollte. Beim Baggern – zugegeben, die Technik ist nicht einfach, ich beherrsche sie auch nicht besonders gut – flog er unkontrolliert in alle Richtungen und schließlich Jan mitten ins Gesicht. Blattschuss, voll auf die Glocke. Sofort schossen ihm Tränen in die Augen.

»Blöde Kuh!«, rief er, schnappte sich den Ball und warf ihn mit voller Wucht zurück. Fatima duckte sich gedankenschnell weg und der Ball hätte Herrn Schrage in den Bauch getroffen, hätte der ihn nicht im letzten Moment gefangen.

»Schluss mit dem Unsinn!«, rief er.

»Das hat sie extra gemacht!«, protestierte Jan. Er wischte sich über die Augen, seine Stimme klang gepresst.

»Hat Fatima nicht«, mischte sich Marie ein. »Beim Baggern kann das jedem passieren.«

»Stimmt.« Jan schniefte. »Wenn man zu dumm ist, kann das passieren. Die sieht mit ihrem doofen Kopftuch ja auch nichts!«

»Schluss jetzt!«, wiederholte Herr Schrage. Er schaute auf seine Armbanduhr. »Wir laufen gemeinsam ein paar lockere Runden und dann schicke ich euch ins

Wochenende. Bis zum Ende der Stunde will ich Ruhe haben, verstanden?«

Damit wandte er sich an Fatima. »Nimm die Schuhe ruhig mit nach Hause. Ich glaube nicht, dass noch jemand nach ihnen fragen wird. Und wenn doch, weiß ich ja, wer sie hat.«

Später in der Umkleidekabine beobachtete ich, wie Jan, Nick, Kaspar und Finn-Ole die Köpfe zusammensteckten und aufgeregt miteinander redeten. Die Schwellung unter Jans rechtem Auge war inzwischen unübersehbar. Ich spitzte die Ohren, um mitzubekommen, was die vier ausbrüteten. Aber es war um mich herum zu laut.

»Blöde Kuh«, sagte Jan zu mir, als wir die Sporthalle verließen.

»Wer? Ich?«

Er boxte mich so fest in die Seite, dass mir für ein paar Sekunden die Luft wegblieb. Kann sein, dass er mir, ohne es zu wollen, einen Leberhaken versetzt hatte. Vielleicht war es aber auch Absicht gewesen, bei Jan weiß man nie. »Nicht du, Idiot! Deine Fatima! Die hässliche Kopftuch-Schraube!«

»Das ist nicht meine Fatima«, widersprach ich.

»Die kann was erleben«, sagte er, während ich auf mein Rad stieg. Er wollte noch was hinzufügen, da rief Finn-Ole: »Ey, Jan! Da vorn läuft sie!«

Finn-Ole täuschte sich nicht: Vielleicht 200 Meter von uns entfernt rannte Fatima die Straße hinunter. Kopftuch, langes Kleid, pinkfarbene Turnschuhe, hin und her schlenkernde Tasche – es konnte niemand anderes sein.

Jan warf seinem Freund die Schultasche zu. »Halt die mal für 'n Moment!«,

sagte er. Dabei grinste er so breit, dass seine Mundwinkel fast die Ohren küssten. »Jetzt wird's lustig!«

4

Ich bin nicht besonders mutig, das muss ich zugeben. Wenn es brenzlig wird, sehe ich zu, dass ich mich so schnell wie möglich an einen sicheren Ort verdrücke. Damit bin ich eigentlich immer sehr gut gefahren.

Aber jetzt wollte sich Jan Fatima vorknöpfen und das fand ich unfair. Schließlich hatte ihm das Mädchen nichts getan, nicht absichtlich jedenfalls. Dass Fatimas Ball ausgerechnet ihn getroffen hatte, war einfach Pech – vor allem für die Neue.

Vor ein paar Monaten hatte sich Jan mit einem viel größeren Jungen aus der Siebten angelegt, weil der ihm auf den Fuß getreten war. Irgendwann hatten Finn-Ole und Nick Jan mit Gewalt zurückhalten müssen. Sonst hätte er seinen Gegner ins Krankenhaus geprügelt.

Ich schaltete drei Gänge hoch und beschleunigte meinen Tritt. Schon nach wenigen Metern überholte ich Jan und hatte bald Fatima erreicht.

»Jan ist hinter dir her!«, rief ich ihr zu, nachdem ich wieder zu Atem gekommen war. Mir war wieder ein bisschen schwindlig, komisch. Aber ich versuchte, es nicht zu beachten.

»Der ist stinkwütend auf dich! Setz dich auf den Gepäckträger, ich bringe dich nach Hause! Mach schon!«, brüllte ich. Doch sie schüttelte nur energisch den Kopf und erhöhte gleichzeitig ihr Tempo.

»Er wird dich verprügeln!«, rief ich.

»Wird er nicht!«, rief sie zurück. Mit einer raschen Bewegung warf sie mir ihre Schultasche zu und rannte weiter. Die scheußlichen pinkfarbenen Turnschuhe schienen ihr Flügel zu verleihen.

Ich hängte die Tasche an den Lenker und fuhr in einigem Abstand hinter Fatima her. Es dauerte nicht lange und Jan schloss zu mir auf. Sein Gesicht war puterrot, die Augen waren weit aufgerissen, er schnappte nach Luft. Hecht beim Landausflug sozusagen.

»Die dumme Kuh kann was erleben!«, japste er, während er mich überholte. »Und du auch, Spinner!«

Das hatte ich nun davon. Statt mich aus der Geschichte rauszuhalten, hatte ich mir Jan zum Feind gemacht. Er war nicht der Typ, der vergessen würde, dass ich Fatima geholfen hatte.

Währenddessen ging die Verfolgungsjagd weiter. Wenn ich es richtig einschätzte, verringerte sich der Abstand zwischen den beiden aber nicht mehr. Fatima lief nach wie vor leicht wie eine Gazelle, die Schritte ihres Verfolgers wurden dagegen immer schwerfälliger. Er rollte nicht mehr über Mittelfuß und Ferse ab, wie es Fatima tat. Stattdessen ließ er die gesamte Fußsohle auf den Boden klatschen. Praktisch Plattfußindianer. Das hätte ihm jeder Lauftrainer auf der Welt als Erstes abgewöhnen müssen.

Aber noch gab Jan nicht auf.

Fatima schaute sich kein einziges Mal um. Sie schien sich ihrer Sache vollkommen sicher zu sein. Jan war kein Gegner für sie. Ich beobachtete, wie sich nun mit jedem Schritt der Abstand zwischen den beiden vergrößerte. Das schmale Mädchen aus Nordafrika lief einfach in einer anderen Liga.

Wir waren nicht mehr weit von der Bushaltestelle *Berliner Straße* entfernt, als Jans Schritte mit einem Mal langsamer wurden und er schließlich stehen blieb. Sein Atem ging keuchend, er beugte sich nach vorn. Dann ergoss sich aus seinem Mund ein gelblich brauner Schwall halb verdauter Frühstücksbrötchen auf den Bürgersteig. Jan ging in die Knie und verharrte so, bis er nicht mehr spucken musste.

Einen Augenblick später hielt ich neben ihm. »Kann ich dir helfen?«, fragte ich.

Jans Gesicht war leichenblass, um den Mund herum waren Spuren von Erbrochenem zu sehen. Kein schöner Anblick, echt nicht. Er schüttelte den Kopf. Sprechen schien er noch nicht wieder zu können. Und das wollte bei ihm was heißen.

»Kommst du allein klar?«

Er schaute mich mit glasigen Augen an und nickte.

Inzwischen war Fatima in die Berliner Straße eingebogen. Vor dem Haus Nummer 14 war sie stehen geblieben und wartete auf mich. Ihr Gesicht war nur leicht gerötet. Ihr Atem ging ein bisschen schneller, aber bei Weitem nicht so schnell wie der von Jan. Das Kopftuch war während des Laufs verrutscht, für ein paar Sekunden sah ich ihre lockigen pechschwarzen Haare. Dann hatte sie es wieder so festgebunden, dass nur der Bereich zwischen Stirn und Kinn hervorschaute. Ich hätte zu gern Fatimas Ruhepuls gewusst. Bestimmt lag er nicht höher als 50 Schläge pro Minute, sonst hätte sie jetzt mehr gepumpt.

Wenn ich dem Kilometerzähler an meinem Fahrrad trauen konnte, hatte Fatima gerade fast 5000 Meter hinter sich gebracht. Fünf Kilometer mit langem Kleid, engem Kopftuch und abgelatschten Turnschuhen! Leider hatte ich vergessen, die genaue Zeit zu nehmen. Aber sie lag auf jeden Fall unter 25 Minuten.

»Meine Tasche«, sagte sie nur.

Ich stieg ab und reichte sie ihr. »Du brauchst Training«, sagte ich. »Unbedingt!«

Zum ersten Mal, seit ich sie kannte, lächelte sie. Es war ein breites Lächeln, das auch die letzte Spur von Schüchternheit aus ihrem Gesicht vertrieb. »Ich?«, rief sie. »Jan braucht Training! Wo steckt er eigentlich?«

»Der hockt irgendwo dahinten und k... Na, du weißt schon«, antwortete ich. »Dem hast du's gezeigt!«

Fatima zuckte mit den Schultern und wandte sich zum Gehen. »Danke, dass du mich vor ihm gewarnt hast«, sagte sie und fügte hinzu: »Und dass du meine Tasche mitgenommen hast.«

»Schon okay«, erwiderte ich und fragte dann: »Zwei Runden im Stadion unter drei Minuten – bist du dir da ganz sicher?« Da war sie wieder, meine Macke. Ich kam einfach nicht dagegen an. Fatima wäre gerade eben fast verprügelt worden und das Einzige, was mir dazu einfiel, waren 800-Meter-Zeiten!

»Eigentlich schon«, antwortete sie.

Ich wollte ihr erklären, dass sie ein Jahrhunderttalent sei und deshalb unbedingt Training brauche. Wollte ihr sagen, dass sie schon jetzt ohne Kopftuch und Kleid und mit vernünftigen Spikes mindestens zehn oder vielleicht sogar zwanzig Sekunden schneller laufen könne. Dass sie damit in allen Bestenlisten ihrer Altersklasse ganz vorn stünde. Wollte ihr erklären, dass ich ihr gern helfen würde, eine Spitzenleichtathletin zu werden. Wollte ihr etwas über Weltrekorde erzählen und über Läuferinnen, die bei den Olympischen Spielen Gold gewonnen hatten.

Aber dazu kam ich nicht mehr. Im ersten Stock des Hauses öffnete sich ein Fenster und ein verstrubbelter Jungenkopf schaute heraus. »Du sollst sofort raufkommen, Fatima!«, krähte er. Offenbar hatte man uns von drinnen beobachtet.

Fatima rief irgendwas, das ich nicht verstand, sagte »Tschüss, Jakob!« und war im nächsten Augenblick verschwunden.

5

Was schenkt man einem Mädchen zum Geburtstag? Um dieses Problem hatte ich mich noch nie kümmern müssen. Als ich meinen Vater um Rat fragte, schlug er Blumen vor oder ein schönes Buch. Ich erklärte ihn für komplett uncool und entschied mich schließlich für einen Manga-Kugelschreiber. Ich hoffte, damit nicht allzu sehr danebenzuliegen.

Lag ich natürlich doch. Die Jungs, die Marie eingeladen hatte, schienen dieselben Schwierigkeiten gehabt zu haben wie ich. So kam Marie an ihrem Geburtstag in den Besitz von nicht weniger als sieben Kulis und drei Manga-Notizbüchern. »Wie originell«, sagte sie jedes Mal und zwinkerte dabei ihren Freundinnen zu.

Bis auf Fatima und Jan waren alle aus der 5a gekommen. Trotzdem hatten wir ausreichend Platz. Die Villa von Maries Eltern war riesig. Drei Stockwerke mit mindestens zwanzig Zimmern – dagegen war das Haus, in dem ich wohnte, eine Hundehütte. In dem Park, der zu dem Gebäude gehörte, gab es sogar einen Tennisplatz und einen zwischen hohen Büschen versteckten Pavillon. Maries Vater, ein bekannter Rechtsanwalt und Notar, benutzte ihn als Atelier, wenn er

Zeit zum Malen fand. Seine Bilder – große bunte Farbkleckse, durchzogen von gezackten Linien – hingen überall.

Während sich die anderen über Cola, Chips, Weingummis und Schoko-Crunchys hermachten, kam Finn-Ole auf mich zu. Er schien eine längere Zeit vor dem Spiegel verbracht zu haben. Seine hellblonden Haare waren perfekt in Form gegelt.

»Auch da?«, sagte er.

Eine außerordentlich intelligente Frage.

»Wie du siehst.«

»Und?«

»Und was?«

»Was hat Jan mit Fatima gemacht?«

»Nichts.«

Finn-Ole riss erstaunt Mund und Augen auf. Eine Haarsträhne verließ ihr Gel-Bett und senkte sich über sein linkes Auge. »Nichts?«

»Fatima ist Jan weggelaufen«, erklärte ich. »Er hat versucht, sie einzuholen. Aber er hat's nicht geschafft.«

Während wir redeten, war es um uns herum nach und nach still geworden. Vor allem die Mädchen schienen sich außerordentlich für unsere Unterhaltung zu interessieren. Wie es aussah, hatte sich die Verfolgungsjagd bereits herumgesprochen.

»Du spinnst ja!«, rief Finn-Ole.

»Tue ich nicht. Jan war so fertig, dass er gekotzt hat.«

Sofort holte Finn-Ole sein nagelneues Smartphone aus der Tasche seiner ebenfalls nagelneuen Jeans und rief Jan an.

»Er hat nicht gekotzt«, sagte Finn-Ole, nachdem er wieder aufgelegt hatte. »Und er hat Fatima nur nicht eingeholt, weil er sich den Fuß verknackst hat.«

Die Mädchen lachten. Jan hatte Fatima nicht eingeholt und sich dabei auch noch verletzt – das schienen sie ihm zu gönnen!

Ich wusste, dass Jan log. Aber das würde mir Finn-Ole niemals glauben. Er nahm seinem Freund alles ab, wirklich alles – sogar, wenn der ihm erzählt hätte, dass Aliens auf dem Schulhof gelandet wären. Also ließ ich Finn-Ole stehen, holte mir ein Glas Cola und eine Handvoll Chips und hockte mich zu Marie und ihren Freundinnen an einen riesigen Esstisch.

Die Mädchen steckten sofort ihre Smartphones weg. Sie schienen nur darauf gewartet zu haben, mich ausfragen zu können. War ich vielleicht nur deshalb eingeladen worden, weil ich neben der Neuen saß?, ging es mir durch den Kopf. War ich hier, weil Marie und die anderen hofften, mehr über das schweigsame Mädchen zu erfahren?

»Wie war das mit Fatima und Jan?«, fragte Marie.

Ich erzählte es noch einmal.

»Und Jan hat sich echt nicht den Fuß verknackst?«, wollte Mia wissen.

»Echt nicht. Er hatte einfach keine Chance.«

»Cool.« Charlotte grinste.

»Geschieht dem Angeber recht«, sagte Marie. »Und wie ist Fatima sonst?«, fragte sie.

»Warum?«, fragte ich zurück.

»Mit uns redet sie nicht«, antwortete Charlotte. »Wir

haben es ein paar Mal versucht. Aber sie kriegt die Zähne einfach nicht auseinander.«

Ich zuckte mit den Schultern. »Sie wohnt bei mir um die Ecke und sie kann schnell laufen. Mehr weiß ich auch nicht.«

»Warum hast du Fatima eigentlich nicht eingeladen?«, fragte ich Marie. Obwohl ich saß, war mir wieder ein bisschen schwindlig. Wahrscheinlich hatte ich zu wenig gegessen. An der Fahrt zu Marie konnte es nicht liegen. Da hatte ich mir Zeit gelassen und mein Bike sogar ein Stück geschoben.

»Hab ich doch«, antwortete sie. Maries Stimme klang irgendwie komisch, als hielte sie sich ein Stück Pappe vor den Mund. Oder Cellophanpapier. Sie war kaum noch zu verstehen. »Aber sie durfte nicht«, fügte sie hinzu.

Jetzt würde ich gern erzählen, was weiter passierte. Aber das kann ich nicht. Warum? Ganz einfach: Weil ich von den nächsten Stunden nichts mitkriegte. Absolut gar nichts, nothing, null, niente, nada oder wie das auf Spanisch heißt.

Ich kam in einem blütenweißen Bett zu mir, das eindeutig nicht meins war. Meine Schlafcouch zu Hause war weicher und roch ganz anders. Durch ein zweiflügliges Fenster fiel gleißend helles Sonnenlicht ins Zimmer. An der Wand gegenüber hing ein Bild, das den Vollmond über einer Wüstenlandschaft zeigte. Neben meinem Bett hockte mein Vater auf einem Stuhl und schien zu schlafen. Sein Brustkorb hob und senkte sich regelmäßig, sein Mund stand offen.

Ich stieß meinen Vater an. Er zuckte zusammen und öffnete die Augen. »Hallo Jakob«, begrüßte er mich und streckte sich, dass ich Angst um seine Gelenke kriegte.

»Was ist passiert?«, fragte ich.

»Du bist auf Maries Party umgekippt«, berichtete er. »Einfach so. Ohne Vorwarnung, haben mir ihre Eltern erzählt. Sie haben sofort den Notarzt gerufen. Seitdem bist du hier im St.-Josef-Krankenhaus.«

Ich dachte daran, wie mir schwindlig geworden war. Vielleicht wäre nichts passiert, wenn ich mich sofort hingelegt hätte. »Und die anderen?«, fragte ich.

»Welche anderen?«

»Die aus meiner Klasse! Was haben die gesagt?«

»Keine Ahnung«, antwortete mein Vater. »Ich bin gleich ins Krankenhaus gefahren.«

Die Sonne blendete mich, ich schloss die Augen. »Ist schon wieder Morgen?«, fragte ich weiter. Ich dachte an den Traum, den ich gehabt hatte. Da waren Männer und Frauen in weißen Kitteln um mich herumgewieselt. Vielleicht war das alles gar kein Traum, sondern die Zeit zwischen Bewusstlosigkeit und Schlaf gewesen.

»Ja«, antwortete mein Vater. »Und wie fühlst ...«

... du dich?, wollte er wohl wissen. Doch in diesem Moment klopfte es. Ein Mann mit weißem T-Shirt, weißer Hose, weißen Turnschuhen und Halbglatze trat ins Zimmer. Zuerst drückte er mir die Hand, danach meinem Vater.

»Ich bin Doktor Lehmann«, stellte er sich vor. Seine Stimme klang seltsam. Sie erinnerte mich ein bisschen an einen der Roboter aus *Star Wars.* »Ich bin der Stationsarzt.«

»Die Untersuchungen«, fuhr er fort und schaute dabei angestrengt auf den abgestoßenen Klemmblock in seiner Hand. »Also, die Untersuchungen haben bei Ihrem Sohn keinerlei Auffälligkeiten ergeben. Das ist doch eine gute Nachricht, finde ich.«

»Und warum hat Jakob dann das Bewusstsein verloren?«, wollte mein Vater wissen.

Der Arzt blickte von seinen Papieren auf. Wahrscheinlich stand die Antwort auf diese Frage nicht auf seinem Block. »Du bist für dein Alter ziemlich groß und ein bisschen zu dünn«, sagte er zu mir. »Isst du eigentlich genug? Hast du Appetit?«

Ich nickte.

»Wie sieht es mit dem Trinken aus?«

Ich zuckte die Achseln. Für mein Trinken hatte ich mich ehrlich gesagt noch nie interessiert. Ich trank, wenn ich Durst hatte, fertig. Machten das nicht alle Leute so?

»Normal«, antwortete ich.

»Und wie war es auf der Party? Was hast du da gegessen?«

»Nur ein paar Chips. Mir war auch ein bisschen schwindlig«, erklärte ich.

»Hast du das früher schon mal gehabt?«

Ich nickte.

»Wie oft?«

»Zwei-, dreimal in den letzten Wochen«, antwortete ich.

Doktor Lehmann fuhr sich durch die spärlichen Haare. »Ich denke, zur Sicherheit sollten wir eine Magnetresonanztomografie machen«, sagte er.

»Eine was?«, fragte ich und versuchte erst gar nicht, das schwierige Wort nachzusprechen. »Tut das weh?«

»Keine Angst. Wir stecken dich in eine Röhre, schicken Wellen durch deinen Körper und können dann auf einem Bildschirm sehen, ob dir was fehlt«, antwortete er.

Damit wandte er sich wieder an meinen Vater. »Rufen Sie bitte unsere radiologische Abteilung an und vereinbaren Sie einen Termin. Am besten noch für diese Woche.«

Mein Vater stand auf. »Bedeutet das, dass ich Jakob mitnehmen kann?«

»Aber natürlich.« Der Doktor zeigte zum Fenster. »Bei so einem Wetter haben Jungs im Krankenhaus nichts zu suchen, finde ich.«

»Hast du Mama angerufen?«, fragte ich, während wir nach Hause fuhren.

Mein Vater bremste vor einer Ampel. Das tat er so vorsichtig, als hätte er eine Ladung roher Eier an Bord. Sonst fährt er wie der Teufel, praktisch Formel-1 im Stadtverkehr. Mir macht das Spaß, meine Mama stirbt als Beifahrerin tausend Tode.

»Sie hat in Dubai genug um die Ohren«, antwortete er. »Ich denke, wir behalten deine Nacht im Krankenhaus erst mal für uns. Bei der nächsten Party isst du einfach mehr, ja?«

»Okay, Papa.«

Die Sonne schien, als ob sie was nachzuholen hätte. Der Himmel über der Stadt zeigte sich wolkenlos und von einem tiefen Blau. Was bei Marie geschehen war, kam mir plötzlich wie ein schlechter Traum vor. Oder wie etwas, das einem anderen passiert war.

Mein Vater drückte meine Hand. Mit meinen 1 Meter 60 darf ich schon vorn sitzen. Zumindest eine Sache, um die mich viele aus meiner Klasse beneiden. »Hauptsache, dir geht es wieder gut, Jakob«, sagte er. »Am besten bleibst du die nächsten Tage zu Hause und erholst dich ein bisschen.«

Ich schüttelte energisch den Kopf. Mit acht hatte ich die Masern. Unser Hausarzt war mitten in der Nacht zu uns nach Hause gekommen, weil meine Eltern Panik gekriegt hatten. Sie hatten mich nicht impfen lassen; ich weiß nicht, warum.

Damals durfte ich fünf Wochen lang nicht zur Schule und war die meiste Zeit schlapp wie ein kaputter Fahrradschlauch. Am Ende hatte ich die halbe Stadtbibliothek ausgelesen und vor Langeweile kurz davor gestanden, Kreuzworträtsel zu lösen. Und das ist nun wirklich das Allerletzte. Seitdem hasse ich es, krank zu sein.

»Du willst zur Schule gehen?«, fragte er erstaunt.

Ich nickte.

»Sollten wir das nicht besser mit einem Arzt besprechen?«

Ich schüttelte den Kopf. Mir ging's wieder gut. Es gab keinen Grund, zu Hause zu bleiben.

Mein Vater dachte nach. »In Ordnung«, murmelte er schließlich, während er einem Radfahrer auswich, der uns in einer Einbahnstraße entgegengefahren kam. »Aber sobald du dich nicht wohlfühlst, rufst du an, ja?«

6

In der Nacht auf Dienstag hatte mich ein schweres Gewitter geweckt. Danach hatte ich große Schwierigkeiten gehabt, wieder einzuschlafen. Eigentlich kein Wunder bei dem, was mich erwartete. Jetzt standen die Zeiger der großen Uhr an der bis unter die Decke weiß gekachelten Wand auf kurz vor acht – und ich selbst vor einer Röhre in einem Seitenflügel des St.-Josef-Krankenhauses. Sie sah wie ein moderner Backofen aus. Das Gerät, in dem ich in den nächsten 20 Minuten liegen würde, brummte. In seinem Inneren war es eng, sehr eng sogar.

»Da soll ich rein?«, fragte ich die Krankenschwester, eine junge Frau mit knallroten Haaren.

Mein Vater hatte mich in die Klink begleitet, hatte aber im Wartezimmer bleiben müssen.

»Hast du Angst?«, fragte die Krankenschwester.

Ob ich Angst hatte? Schwierige Frage. Ein bisschen vielleicht, ich wusste ja nicht, was mich erwartete. Hauptsache, es floss kein Blut. Damit habe ich es nicht so.

»Angst vor geschlossenen Räumen?«, fragte sie weiter.

»Was?«

»Es gibt Menschen, die bekommen Panik, wenn sie sich eingeschlossen fühlen – im Auto, im Flugzeug oder eben im MRT«, erklärte sie. »Dann kriegen sie Schweißausbrüche oder Herzrasen oder beides. Hast du so was schon mal erlebt?«

»Nö.«

»In Ordnung, dann geht's los.«

Die Platte, auf die ich mich legen musste, war kühl, steinhart und glatt wie eine Fensterscheibe. Mein Kopf ruhte auf einer Art Zielkreuz. Es dauerte eine Weile, bis die Krankenschwester mit meiner Position zufrieden war. Als ich endlich richtig lag, zeigte sie mir einen Knopf, den ich betätigen konnte, wenn es mir nicht gut gehen sollte. Danach drückte sie mir rosafarbene Ohrstöpsel in die Hand. Es werde gleich ein bisschen laut, erklärte sie. Ich solle mir aber keine Sorgen machen, das habe nichts zu bedeuten. Mit diesen beruhigenden Worten fuhr ich in die Röhre hinein.

Zwanzig Minuten können verdammt lang sein – wenn man sich nicht bewegen darf, wenn man ohne Musik, ohne Bilder, ohne ein Buch, einen Comic oder eine Zeitschrift auskommen muss. Da lag ich nun in dem kalten silbernen Backofen und zählte die Sekunden. Trotz der Ohrstöpsel waren die Geräusche des MRT deutlich zu hören. Das Knallen, Brummen und Hämmern fuhr mir in unregelmäßigen Abständen durch den Körper. Angst hatte ich nicht, aber Spaß machte es auch nicht.

»Bitte nicht bewegen«, hatte mir die Schwester eingeschärft, bevor sie mich in die Röhre befördert hatte. Die hatte gut reden. Und so passierte, was passieren musste: Schon nach ein paar Minuten begann meine Nase wie verrückt zu jucken. Dann kam eine Stelle an meiner Poritze hinzu, von der ich bisher nicht gewusst hatte, dass es sie gab. Und schließlich juckte es mich auch noch genau zwischen den Augenbrauen. In diesem Moment hätte ich mein gesamtes gespartes Taschengeld dafür hergegeben, mich kratzen zu dürfen. Aber ich beherrschte mich, auch wenn es mir schwerfiel.

»Geht's?«, ertönte die Stimme der Krankenschwester aus einem Lautsprecher, der irgendwo im Inneren der Sardinenbüchse angebracht sein musste.

»Na ja«, antwortete ich.

»Nur noch zehn Minuten! Du hast es bald geschafft!«

Zehn Minuten? Wenn das hier nicht schnell zu Ende ging, würde ein Unglück geschehen. Dann würde ich mich kratzen, bis es am Po, an der Nase und zwischen den Augenbrauen nichts mehr zu kratzen gab.

Um mich abzulenken, sagte ich mir die Siegerinnen und Sieger im 100-Meter-Lauf bei den letzten zehn Olympischen Spielen vor. Und die Sieger im Weitsprung. Und – weil ich aus irgendeinem Grund an Fatima denken musste – die Siegerinnen über 800 und 1 500 Meter. Es klappte wunderbar, mein Gedächtnis war in bester Verfassung. Rekordverdächtig sozusagen. An

meinen kleinen grauen Zellen lag es bestimmt nicht, dass ich einen auf Sardine machen musste. Im Übrigen funktionierten meine Ablenkungsversuche perfekt: Als sich die Röhre endlich öffnete, war der Juckreiz verschwunden.

»Alles gut?«, fragte die Krankenschwester, nachdem ich ihr die Ohrstöpsel zurückgegeben hatte.

Ich nickte. »Haben Sie was Schlimmes gefunden? In meinem Kopf, meine ich?«

»Die Bilder werden jetzt sofort zum Arzt überspielt. Der schaut sie sich an und sagt euch dann, ob alles in Ordnung ist«, antwortete sie. »Am besten setzt du dich zu deinem Vater ins Wartezimmer. Ihr werdet aufgerufen. Tschüss, Jakob.«

Mein Vater las in einer Autozeitschrift. Er legte sie sofort weg, als ich hereinkam. »War's schlimm?«, wollte er wissen.

»Ging so.«

Er drückte mich an sich. »Es wird alles gut«, sagte er. »Sie werden nichts finden. Sollst mal sehen.«

»Und wenn doch?«

Natürlich wusste er darauf keine Antwort.

Irgendwann öffnete sich eine der Türen gegenüber dem Wartebereich und ein Mann in weißem Kittel holte uns in sein Sprechzimmer. Er stellte sich als Doktor Kaya vor und bat uns, Platz zu nehmen. Auf seinem Schreibtisch stand ein eingeschalteter Laptop. Der Arzt drehte ihn so, dass wir beide den Bildschirm sehen konnten. Er zeigte die Aufnahme eines Kopfes.

»Das ist deiner«, sagte der Doktor und fügte lächelnd hinzu: »Damit das klar ist: So bunt sieht es in deinem Kopf in Wirklichkeit natürlich nicht aus.«

»Können Sie schon Näheres sagen?«, fragte mein Vater.

Der Arzt faltete die Hände und räusperte sich. »Zuerst die schlechte Nachricht: Da ist tatsächlich etwas im Kopf Ihres Sohns, das dort nicht sein sollte.« Er deutete auf eine rot eingefärbte Fläche. Um sie herum leuchtete alles in Gelb, Grün und Blau.

»Und die gute?«, rutschte es mir heraus. Vor zwei Jahren war in meiner Grundschule ein Junge aus der Vierten an einem Hirntumor gestorben. Er hieß Paul. Zuerst war er noch ohne Haare und später im Rollstuhl in den Unterricht gekommen. Dann hatte ich ihn nicht mehr gesehen. Irgendwann erfuhren wir von unserer Klassenlehrerin, dass selbst die besten Ärzte in den USA Paul nicht mehr hatten helfen können. Es gab eine Abschiedsfeier in der Aula, bei der sie ein großes Bild von ihm und eine Kerze aufgestellt hatten. Ich war damals in der dritten Klasse und weiß noch, wie geschockt ich gewesen war.

Doktor Kaya stand auf und legte mir seine Hand auf die Schulter. »Die gute Nachricht ist«, erklärte er, »dass es sich nur um eine Zyste handelt.«

»Eine was?«, fragte ich, bevor mein Vater etwas sagen konnte.

»Eine Zyste ist eine Wucherung.« Der Doktor formte mit den Händen eine Kugel. »Die Zellen bilden sich bei manchen Menschen zu Klumpen aus. Zuerst bemerkt man sie nicht. Manche dieser Zellhaufen werden ein Leben lang nicht größer. Viele Leute haben so etwas und wissen es nicht. Man kann mit den Wucherungen uralt werden. Mein Großvater in Anatolien zum Beispiel wird dieses Jahr fünfundneunzig und hat noch nie Beschwerden gehabt.«

Er machte eine Pause und fuhr dann fort: »Wachsen die Zysten aber über eine bestimmte Größe hinaus, kommt es irgendwann zu mehr oder weniger schweren Ausfällen.«

»Dann wird einem zum Beispiel schwindlig«, unterbrach ich seinen Redefluss.

Er nickte.

»Oder man kippt um.«

Wieder nickte er.

»Also nichts Bösartiges«, stellte mein Vater fest.

»Wie man's nimmt«, erwiderte der Arzt.

»Und wie geht's jetzt weiter?«, fragte mein Vater. »Muss Jakob operiert werden?«

»Das kann ich Ihnen leider noch nicht beantworten, Herr Ter-Owanesian. Das entscheiden wir zusammen mit den Neurochirurgen. Gehen Sie bitte noch einmal ins Wartezimmer. Sie werden wieder aufgerufen.« Doktor Kaya drückte mir die Hand. »Mach's gut, mein Junge.«

Wie ich an diesem Tag nach Hause gekommen bin, weiß ich nicht. Oder besser – ich kann mich an kaum was erinnern. Wenn meine Mutter nach der Arbeit im Architekturbüro manchmal gestöhnt hatte: »Ich bin ja so fertig, Jungs!«, hatte ich kaum hingehört. Jetzt wusste ich, wie sie sich in solchen Momenten gefühlt haben musste.

Im Krankenhaus hatten wir nach dem Termin bei Doktor Kaya noch mit einem anderen Neurologen gesprochen. Das heißt, die meiste Zeit hatte mein Vater den Arzt mit Fragen gelöchert. Ich hatte daneben gehockt und angestrengt in mich hineingehorcht. Hatte versucht, das verdammte Ding in meinem Kopf zu orten. Hatte versucht, es zu spüren. Hatte sogar versucht, mit ihm zu reden. Ob es wirklich weiterwachsen wolle, hatte ich es gefragt. Warum es überhaupt mit dem Blödsinn angefangen habe, hatte ich wissen wollen, ob ich ihm irgendwas getan hätte. Warum es mich schwindlig mache und ob es nicht vielleicht doch ein Krebsgeschwulst sei.

Der blöde Klumpen hatte mir keine Antwort gegeben, logisch. Hatte nur still vor sich hin gewuchert, während mein Vater lautstark mit dem Arzt diskutierte.

Jetzt lag ich auf der Couch im Wohnzimmer. Mein Vater saß neben mir und hielt mir die Hand.

»Wie geht's weiter?«, wiederholte ich die Frage, die er Doktor Kaya gestellt hatte.

»Du hast doch mitbekommen, was die Ärzte gesagt haben.«

»Habe ich nicht.«

Er drückte meine Hand, dass es wehtat. »Mit der Zyste muss auf jeden Fall was passieren, sagen sie. Operieren sie dich nicht, wird dir irgendwann ständig schwindlig sein. Dann musst du im Rollstuhl sitzen.«

»Rollstuhl« – ein kleines Wort mit neun Buchstaben, das echt harmlos klingt, so wie »Fahrstuhl« oder »Klappstuhl«. Aber ich musste sofort wieder an den Jungen aus meiner Grundschule denken. Und die Erinnerung an Paul löste einen Weinkrampf aus, der gar nicht mehr aufhören wollte. Die Tränen liefen mir in Sturzbächen über die Backen, zwischendurch glaubte ich, vor lauter Schluchzen ersticken zu müssen. Mein Vater hielt mir weiter die Hand und strich mir beruhigend über den Kopf.

»Ist ja gut, Jakob«, murmelte er. »Ist ja gut.« Etwas anderes fiel ihm nicht ein. Was hätte er auch sagen sollen?

So plötzlich, wie der Weinkrampf gekommen war, verschwand er auch wieder.

»Wir müssen es Mama sagen«, schniefte ich.

Mein Vater nickte. »Du hast recht. Ich rufe sie gleich an.« Er schaute auf seine Armbanduhr. Wahrscheinlich war meine Mutter um diese Zeit schon längst auf der Baustelle. In Dubai waren sie uns ein paar Stunden voraus.

»Meinst du, sie kommt nach Hause?«, fragte ich, nachdem ich mir die Tränen mit einem Taschentuch abgewischt hatte. Mein Vater hatte es mir gegeben. Es war feucht. Er schien auch geweint zu haben, ließ sich aber nichts anmerken.

»Bestimmt.«

Beim Gedanken an meine Mutter fühlte ich mich auf einmal wieder ganz klar im Kopf. Alles war frisch, alles war wie blank geputzt: in mir, um mich herum, einfach alles. Ich hatte das Gefühl, Bäume ausreißen zu können – natürlich nur kleine.

»Ich werde nicht sterben«, sagte ich.

Meinem Vater klappte die Kinnlade herunter. »W... w... wie bitte?«, stotterte er.

»Ich werde nicht sterben«, wiederholte ich und ballte dabei die Fäuste so fest, dass die Fingerknöchel weiß hervortraten.

Mein Vater nahm mich behutsam in die Arme. »Natürlich wirst du nicht sterben, Jakob«, sagte er. »Was redest du nur für einen Unsinn?! Die Ärzte werden sich um die dumme Zyste kümmern und danach bist du wieder wie neu!«

»Bist du sicher, Papa?«

»Absolut.«

Bis heute habe ich keine Erklärung dafür, warum mir meine neue Banknachbarin in den Sinn kam, ausgerechnet in diesem Moment. Da saß offenbar nicht nur der Klumpen in meinem Kopf. Nein, da schien es noch was anderes zu geben, von dem ich bisher nichts gewusst hatte. Etwas richtig Gutes, etwas Starkes, das mir helfen wollte.

»Ich werde Fatima trainieren«, sagte ich.

»Wie bitte?«

»Ich werde Fatima trainieren, damit sie Olympiasiegerin wird«, antwortete ich.

»O... O... Olympiasiegerin. Natürlich«, stotterte mein Vater. Er stotterte sonst nie. Wahrscheinlich wusste er nicht, was er von alldem halten sollte. Aber er machte das Spiel mit.

»In welcher Disziplin?«, wollte er wissen.

»Im 800-Meter-Lauf«, antwortete ich. »Vielleicht auch über die 1 500-Meter.«

7

Hackfleisch mit Tomatensoße, Reibekuchen mit Apfelmus, Rouladen mit Rotkohl und Klößen, Pfannkuchen – so sah der Speiseplan in den Tagen nach der Rückkehr meiner Mutter aus. Bohneneintopf mit Brühwurst war zum Glück nicht darunter. Und Pizza hatte Mama auch erst mal gestrichen. Immerhin hatte es die während ihrer Abwesenheit jeden zweiten Tag gegeben. Also nicht weniger als 14 Stück ...

Wie nicht anders zu erwarten, hatte meine Mutter, nachdem sie von meiner Erkrankung erfahren hatte, in Dubai alles stehen und liegen lassen und war nach Hause geflogen. Einer ihrer Kollegen, der gerade ein Bauprojekt in New York abgeschlossen und eigentlich in Urlaub hatte fahren wollen, war für sie eingesprungen.

Mein Vater und ich waren begeistert, dass sie wieder bei uns war. Wir hätten sie von morgens bis abends abknutschen können – was mein Vater auch mit mehr oder weniger Erfolg versuchte. Was jedoch am wichtigsten war: Meine Mutter nahm auf der Stelle den Kampf gegen meine Krankheit auf. In ihrem Architekturbüro hatte sie für die nächsten Wochen Urlaub genommen. So konnte sie mit mir von einem Spezialisten zum anderen fahren. »Wir schaffen das, Jakob«, sagte sie jedes Mal, wenn wir wieder eine neurologische Arztpraxis oder ein Krankenhaus verließen. »Wäre doch gelacht!«

Bei meinem Vater war ich mir nicht sicher gewesen, ob er wirklich daran glaubte. Meiner Mutter nahm ich jedes Wort ab.

Wie man sich vorstellen kann, war ich in dieser Zeit nicht oft in der Schule. Natürlich wollten die anderen unbedingt wissen, was mit mir los war. Schließlich war ich ihnen auf Maries Geburtstagsparty vor die Füße gekippt.

Versteht sich von selbst, dass ich nicht daran dachte, meinen Mitschülern von dem Klumpen zu erzählen, der in meinem Kopf den dicken Max markierte. Ich müsste weiter untersucht werden, sagte ich ihnen, wenn sie mich fragten, warum ich wieder gefehlt hatte.

Fatima sah mich manchmal von der Seite an, war aber ansonsten stumm. Sie machte alle Hausaufgaben, schrieb mit, was mitzuschreiben war, meldete sich aber nie. Wie es sich für eine gute Banknachbarin gehört, informierte sie mich regelmäßig über den Stoff, den ich verpasst hatte. Wenn ich sie danach fragte, gab sie mir sogar das, was sie in meinen Fehlstunden mitgeschrieben hatte. Als ich mich aber nach Jan erkundigte, zuckte sie bloß mit den Schultern.

Manchmal beobachtete ich, wie auch Marie und ihre Freundinnen in den Pausen mit ihr zu sprechen versuchten. Doch Fatima antwortete ihnen nur einsilbig – wenn überhaupt.

Am Ende einer Deutschstunde, als alle anderen schon auf dem Schulhof waren, nahm mich der Brüll beiseite. »Wie geht's dir, mein Junge?«, fragte er in einer für seine Verhältnisse erstaunlich gedämpften Lautstärke.

»Gut«, antwortete ich.

Er nahm seine dicke schwarzumrandete Brille ab und massierte sich die Schläfen. »Deine Mutter war vor einigen Tagen bei mir in der Sprechstunde. Sie hat mir erzählt, dass du etwas im Kopf hast, was da nicht hingehört.«

Als ich schwieg, fuhr er fort: »Für Freitag habe ich eine Deutscharbeit angesetzt.«

Ich zuckte die Achseln. Warum erzählte er mir das? Er hatte uns das doch schon im Unterricht gesagt!

»Du musst sie nicht mitschreiben«, erklärte Dr. Brill und drückte mir dabei so fest den Arm, dass ich Angst um meine zarten Knochen bekam. »Aber du stehst im Moment zwischen zwei und drei. Du könntest dich verbessern und ich glaube, du würdest das auch hinkriegen. Traust du dir das trotz deiner Krankheit zu?«

Vor nicht mal zwei Wochen wäre die Antwort für mich klar gewesen. Selbstverständlich hätte ich mitgeschrieben! Aber jetzt?

Trotzdem sagte ich: »Ich versuch's, Herr Doktor Brill.«

Unser Klassenlehrer misshandelte ein letztes Mal meine Knochen. »Prima, Jakob«, brüllte er in seiner gewohnten Lautstärke. »Aber wenn es dir während der Arbeit nicht gut gehen sollte, brichst du bitte sofort ab, ja?« Damit verließ er das Klassenzimmer.

Kaum war der Brüll draußen, kam Fatima herein.

Wortlos ging sie zu unserem Tisch und zog eine Mappe darunter hervor. Sie steckte sie in ihre Schultasche, richtete sich auf – und schaute mich zum ersten Mal an, guckte mir direkt in die Augen.

»Was hast du?«, fragte sie.

»Wie bitte?«

»Du bist immer weg«, erklärte sie. »Gestern warst du auch nicht da. Bist du krank?«

»So ungefähr.«

»Hast du Krebs?«

Ich schnappte nach Luft. »Wie ... wie ... wie kommst du denn darauf?«, stotterte ich, als ich wieder sprechen konnte. Elf Jahre lang hatte ich nicht gestottert. Und jetzt passierte es mir ständig!

Sie schaute mich weiter an. Ich mochte ihre Augen. Sie waren irgendwie warm, ein Leuchten ging von ihnen aus. Klingt kitschig, ich weiß. Aber genauso war es.

»Mein Vater ist letztes Jahr an Krebs gestorben«, antwortete sie mit kaum hörbarer Stimme. »Direkt nach dem Zuckerfest. Er war auch immer beim Arzt und im Krankenhaus.«

»Das tut mir leid«, sagte ich. »Seid ihr danach hierhergezogen?«

Fatima nickte.

800 Meter unter 3 Minuten, ging es mir plötzlich durch den Kopf. 5000 Meter unter 25 Minuten. Beide Zeiten mit langem Kleid. Vor mir stand eine zukünftige Weltmeisterin und Olympiasiegerin. Jetzt oder nie, dachte ich. Ich durfte sie nicht gehen lassen, ohne es zu

versuchen. Mein nächster Arzttermin war erst in zwei Tagen. Mit den Schularbeiten würde ich in spätestens einer Stunde fertig sein.

»Hast du heute Nachmittag Zeit?«, fragte ich.

Sie schüttelte den Kopf.

»Wieso nicht?«

Sie antwortete nicht.

»Auch nicht für zehn Minuten?«

Fatima schüttelte erneut den Kopf und wandte sich zur Tür. Aber dann zögerte sie. Vielleicht hatte ich ja doch ihre Neugier geweckt. »Was hast du vor?«, fragte sie.

»Es war so genial, wie du Jan abgehängt hast!«, erklärte ich, holte tief Luft und sprach weiter: »Ich würde dich gern mal zwei Runden auf Zeit laufen lassen. Ins Stadion kommen wir nicht so einfach rein. Aber bei uns um die Ecke gibt's einen alten Sportplatz mit Aschenbahn.«

Jetzt war es heraus. War gar nicht schwierig gewesen.

»Du glaubst mir immer noch nicht«, stellte sie fest.

»Doch, ich glaube dir«, widersprach ich. »Ehrlich!«

»Hast du denn eine Stoppuhr?«, fragte sie.

Halleluja, wie es aussah, wollte sie selbst wissen, wie schnell sie war!

»Klar.«

Für einen Moment schloss sie die Augen. »Gut«, sagte sie schließlich.

»Also um vier am alten Sportplatz?«

Fatima nickte. »In Ordnung. Aber ich kann dir nicht versprechen, dass ich es schaffe.«

Gegen Viertel vor vier machte ich mich auf den Weg. Meinen Eltern hatte ich erzählt, ich müsse mal raus – was ja auch nicht gelogen war. Wenn mir schwindlig würde, solle ich anrufen, hatten sie gesagt. Sie würden mich dann sofort abholen.

Letzte Weihnachten hatte ich die Stoppuhr bekommen, die ich mir schon lange gewünscht hatte. Ich wollte bei Fernsehübertragungen von Leichtathletikwettkämpfen endlich selbst die Zeiten stoppen können. Die Uhr war mit einer stabilen Schnur versehen. Während ich zügig in die Pedale trat, schaukelte sie vor meiner Brust hin und her.

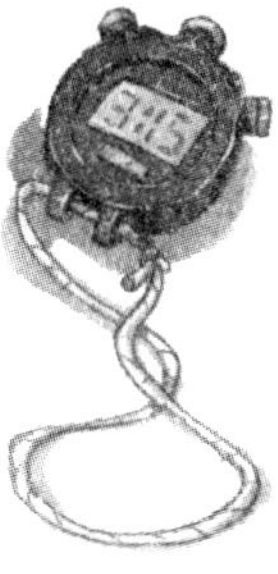

Auf dem alten Sportplatz, auf dessen Tribüne Gras und Kräuter zwischen kaputten Bänken wucherten, war nichts los. Sonst spielten hier Kinder Fußball, am Wochenende auch Erwachsene aus den umliegenden Hochhäusern. Nach dem Regen in der vergangenen Nacht standen in den Strafräumen große Pfützen. An den Torpfosten blätterte die Farbe ab. Das Holz darunter schien morsch zu sein.

Die Aschenbahn war ebenfalls in einem erbärmlichen Zustand. In den Kurven hatte sich Wasser gesammelt, an einigen Stellen taten sich tiefe Löcher auf. Auf der Gegengeraden lagen mitten auf der Bahn Glasscherben, Bierflaschen und dicke Äste. Mein Vater hatte mir erzählt, dass es Pläne gab, auf dem Gelände des Sportplatzes Doppelhäuser zu bauen. Den Platz auszubessern, lohne sich nicht mehr.

Ich hockte mich auf eine der wackligen Bänke und

wartete. Es wurde vier, fünf nach vier, zehn nach vier – und keine Spur von Fatima. Um Viertel nach vier, ich hatte gerade beschlossen, wieder nach Hause zu fahren, kam sie dann doch noch die Straße heruntergerannt. In der Hand hielt sie eine Einkaufstasche, die sie hin und her schlenkerte.

»Tut mir leid«, sagte sie. »Es ging nicht früher.«

»Kein Problem«, sagte ich.

Fatima griff in die Einkaufstasche, holte zuerst zwei große Fladenbrote heraus und dann die pinkfarbenen Turnschuhe. »Ich muss die Brote gleich nach Hause bringen« erklärte sie. »Wir müssen uns beeilen!«

Sie zog ihre Straßenschuhe aus und die Turnschuhe an. »Fertig«, sagte sie. »Zwei Runden?«

»Zwei Runden. Mit Tiefstart oder ohne?«, fragte ich.

»Was?«, fragte sie zurück.

»Ach, vergiss es. Also dann: Auf die Plätze, fertig, los!«, rief ich.

Und Fatima rannte. Die pinkfarbenen Turnschuhe trommelten über die Aschenbahn, darüber spannte sich das viel zu enge Kleid. Auch ohne Einkaufstasche schlenkerte Fatima ihre Arme hin und her. Sollte ich sie wirklich trainieren, musste ich ihr das unbedingt abgewöhnen.

Als sie das erste Mal an mir vorbeilief, warf ich einen Blick auf meine Stoppuhr. Fatima hatte 73 Sekunden für 400 Meter gebraucht. Das war fantastisch, das war galaktisch – aber viel zu schnell! Spätestens auf den letzten 100 Metern würde sie dafür bezahlen müssen. Tempogefühl, sich die Distanz vernünftig einteilen – das würde ich ihr noch beibringen müssen.

Fatima bog gerade aus der von Pfützen übersäten Kurve auf die Gegengerade ein, da passierte es. Vielleicht war sie auf den Saum ihres Kleids getreten oder auf einen der Äste oder auf eine Bierflasche oder sonst was. Jedenfalls geriet sie ins Stolpern, versuchte erfolglos, das Gleichgewicht zu halten, und stürzte der Länge nach hin. Für einen Moment blieb sie liegen. Dann rappelte sie sich wieder hoch und rannte weiter.

Ich hätte es niemals für möglich gehalten, aber Fatima hielt tatsächlich durch. Sie wurde langsamer, das ja. Doch ihre Bewegungen blieben, soweit ich das bei ihrem langen Kleid erkennen konnte, bis zum Schluss kraftvoll. »Tempohärte« nennen Ausdauersportler das. Die würde ich mit ihr anscheinend nicht trainieren müssen.

Als sie mich mit schmerzverzerrtem Gesicht und schwer atmend erreichte, stoppte ich die Zeit. Ich musste zweimal hinschauen, um es glauben zu können: Obwohl Fatima unterwegs gestürzt war, hatte sie für die 800 Meter nur 2 Minuten 43 Sekunden und 8 Zehntelsekunden gebraucht. Und das auf einer Laufbahn, die den Namen nicht verdiente, und mit Schuhen, die in den Müll gehörten!

»Wie schnell war ich?«, fragte sie, nachdem sie wieder zu Atem gekommen war und ihr Kopftuch festgebunden hatte. Ihr Kleid war schmutzig und über dem rechten Knie in einem großen Winkel eingerissen. Ihre Handflächen bluteten. Sie leckte sie ab und achtete nicht weiter darauf.

Ich sagte es ihr. »Wenn du nicht hingefallen wärst, hättest du 2 Minuten 30 laufen können.«

Vor meinem inneren Auge ließ ich die Bestenlisten für Fatimas Altersklasse abschnurren, die ich in den letzten Wochen auswendig gelernt hatte. Was ich entdeckte, haute mich um. Ehrlich, für einen kurzen Moment wurde mir schwindlig. Und das hatte dieses Mal garantiert nichts mit dem Klumpen in meinem Kopf zu tun.

»2 Minuten 30, das ... das wäre Rekord in deiner Altersklasse«, sagte ich. »Da gibt's niemanden, der jemals schneller gelaufen ist.«

Fatima strahlte. Ehrlich, das ganze Mädchen leuchtete. Aber es dauerte nicht lange, dann schaute sie wieder vor sich auf den Boden.

»Tut's weh?«, fragte ich. »Ich meine, dein Knie und die Hände?«

»Ein bisschen«, antwortete sie, zog hastig die Turnschuhe aus und versteckte sie wieder in ihrer Einkaufstasche. »Ich muss nach Hause«, verabschiedete sie sich.

»Soll ich dich bringen?«, fragte ich.

Sie schüttelte den Kopf und rannte davon.

8

Zu Hause saßen meine Eltern im Wohnzimmer und tranken Kaffee. Ihr Gespräch brach sofort ab, als ich hereinkam.

»Wo warst du, mein Liebling? Alles klar?«, fragte meine Mutter, nachdem mein Vater in seine Werkstatt gegangen war. Er arbeitete gerade an einem neuen Brettspiel. Es ging um Detektive im Jahr 2222.

Alles klar? Was sollte ich darauf antworten? Am Ende des Schuljahrs würde ich in die Sechste versetzt werden, das stand fest. Selbst wenn ich alle ausstehenden Tests verhaute, würde ich die Klasse nicht wiederholen müssen. In spätestens sieben Jahren – also mit 18 – würde ich mindestens 1 Meter 90 groß sein. Das hatte uns der Arzt gesagt, der die Wachstumsfugen zwischen meinen Fingergliedern gemessen hatte. Ja, und irgendwann in den nächsten Wochen würde ich, sollte bis dahin kein Wunder geschehen, am Kopf operiert werden.

Aber was würde nach der Operation sein? Würde ich wieder laufen können? Würde ich wieder der Jakob von vorher sein?

Weil so wenig klar war, zuckte ich auf die Frage meiner Mutter nur mit den Schultern.

Sie strich mir über die Haare. »Du warst lange weg«, sagte sie, während sie das Kaffeegeschirr in die Küche brachte.

Normalerweise kann ich Geheimnisse gut für mich behalten. Aber was ich gerade erlebt hatte, war so gewaltig, dass ich es einfach erzählen musste.

»Ich habe Fatima getroffen«, erwiderte ich und berichtete meiner Mutter von dem unglaublichen 800-Meter-Lauf. Von Fatimas Sturz. Von der Leichtigkeit, mit der sie trotz ihrer Verletzungen über die Aschenbahn gerannt war. Von der Verbissenheit, mit der sie sich ins Ziel gekämpft hatte. Und von der Zeit, die ich höchstpersönlich mit meiner neuen Stoppuhr genommen hatte. Von den 2 Minuten, 43 Sekunden und 8 Zehntelsekunden, die alles, wirklich alles in den Schatten stellten.

»Du magst sie«, stellte meine Mutter fest, als ich irgendwann schwieg.

Ob ich Fatima mochte? Ich mochte, wie sie lief. Sehr sogar. Und ich mochte, wie sie lächelte. Aber sonst? Darüber musste ich erst mal nachdenken.

»Ist sie hübsch?«, fuhr meine Mutter fort. Noch etwas, das nichts mit Fatimas Lauf zu tun hatte. Der schien Mama überhaupt nicht zu interessieren.

»Keine Ahnung.«

Sie lachte. »Du weißt nicht, ob sie hübsch ist?«

»Sie trägt ein Kopftuch«, antwortete ich. »Da siehst du nur Nase, Mund und Augen. Und sie hat immer ein langes Kleid an.«

»Hat sie sich denn nicht umgezogen, bevor sie gelaufen ist?«, fragte meine Mutter.

»Hat sie nicht!«, rief ich. »Das ist es ja! Stell dir mal vor, Fatima liefe mit kurzer Hose, T-Shirt und richtig guten Spikes! Da bräuchtest du ein Lasso, um sie einzufangen. Das Kopftuch könnte sie ruhig aufbehalten«, fügte ich hinzu.

Meine Mutter schaute mich nachdenklich an. Dann fragte sie: »Bist du traurig, dass du nicht so schnell laufen kannst, Jakob?«

Ich schüttelte den Kopf. »Fürs Laufen habe ich kein Talent, das weiß ich«, antwortete ich. »Vielleicht werde ich später mal Basketballspieler oder ich fange mit Handball an. Da brauchen sie lange Leute. Nein, ich würde Fatima einfach gern trainieren. Damit sie noch schneller wird. Damit sie irgendwann Weltmeisterin wird. Und Olympiasiegerin.«

Wenn ich mich nicht täuschte, stiegen meiner Mutter Tränen in die Augen. Ich wette, sie dachte schon wieder an die Operation, die mir bevorstand. »Du wirst sie trainieren«, sagte sie und ich konnte hören, wie ihre Stimme zitterte. »Das wirst du ganz bestimmt.«

Ich setzte mich an den Küchentisch. Mir war nicht schwindlig, aber meine Beine füllten sich plötzlich mit Wackelpudding. Außerdem kribbelten sie, als ob Millionen Ameisen darauf herumliefen. Das war neu. Hoffentlich war dafür nicht auch der bescheuerte Klumpen verantwortlich.

»Ich weiß nicht«, erwiderte ich, während sich die Ameisen nach und nach wieder in ihre Verstecke verzogen. »In Fatimas Familie sind sie sehr streng, glaube ich. Sie haben sie nicht mal zu Maries Geburtstag gehen lassen. Heute Nachmittag hat sie beim Bäcker Fladenbrote geholt und ist dann ganz schnell zum alten Sportplatz gekommen, um die beiden Runden zu laufen. Ihre Familie hat bestimmt nicht gewusst, dass wir uns treffen wollten.«

Ein zweites Mal strich mir Mama über die Haare. »Nicht die Hoffnung aufgeben, Jakob. Übrigens – vorhin hat ein Junge angerufen. Er wollte dir was für die Schule schicken. Ich habe ihm deine Mailadresse gegeben.«

»Wer war es?«

»Er hat mir seinen Namen nicht gesagt. Hab ich was falsch gemacht?«

»Schon gut, Mama.«

In meinem Zimmer fuhr ich sofort den Rechner hoch. Tatsächlich hatte ich in meiner Abwesenheit eine Nachricht bekommen.

»Guck mal in den Anhang, Spinner!«, las ich.

Ich rief den Anhang auf. Ein Bild erschien. Es zeigte Fatima und mich, wie wir auf dem alten Sportplatz eng beieinander standen und auf meine Stoppuhr schauten. Über uns hatte der Unbekannte einen riesigen Baseballschläger in das Foto montiert. Das Holz zeigte genau auf unsere Köpfe.

Fatimas Kleid war kaputt. Demnach musste das Bild nach dem Lauf geschossen worden sein. Wir waren also beobachtet worden. Und zwar von jemandem, der wusste, dass ich für einige aus der 5a »der Spinner« war. Von jemandem, der mit einiger Sicherheit selbst in meine Klasse ging.

Ich dachte an die Hochhäuser, die den alten Sportplatz umgaben. Waren wir von dort aus beobachtet worden? *kopftuchfresser@gmx.de* hieß die Mailadresse. Hinter dem Namen konnte sich jeder verstecken, auch Jan oder einer seiner Freunde. Ich klickte auf Google Earth und suchte Sportplatz und Hochhäuser. Es war so, wie ich befürchtet hatte: Bis auf die Erdgeschoss-Wohnungen hatte man von überall her einen freien Blick auf den Platz. Es war kein Problem gewesen, ein scharfes Bild von Fatima und mir zu schießen.

Sollte ich die Mail meinen Eltern zeigen? Sollte ich sie um Hilfe bitten? Aber würde dadurch nicht alles noch viel schwieriger werden? Würden sie nicht sofort in die Schule rennen und dort alles erzählen? Konnte ich das Training mit Fatima nicht gleich vergessen, wenn sie sich einmischten?

Ich beschloss, die Angelegenheit erst mal für mich zu behalten. Es war ja sowieso nicht sicher, ob sich Fatima auf ein zweites Treffen außerhalb der Schule einlassen würde. Und wenn, dann würden wir uns eben einen neuen Sportplatz suchen, weit weg in einem anderen Stadtteil.

9

Am nächsten Morgen blieb in der Schule der Platz neben mir leer. Waren Fatimas Verletzungen doch schlimmer gewesen, als es im ersten Moment ausgesehen hatte? Oder hatte ihre Mutter oder sonst jemand aus ihrer Familie herausgefunden, dass wir uns heimlich getroffen hatten? Hatte Fatima so was wie verschärften Hausarrest gekriegt? Mir blieb keine Zeit, weiter darüber nachzudenken. Denn jetzt betrat Dr. Brill das Klassenzimmer.

»Guten Morgen«, brüllte er, knallte seine wie immer prall gefüllte Tasche aufs Lehrerpult und setzte sich daneben. Unter seiner braunen Cordhose trug er rotviolett karierte Socken.

Minutenlang schwieg er, schaute nur, ohne eine Miene zu verziehen, von einem zum anderen. Das war ungewöhnlich, das hatte er, seit ich aufs Gymnasium gewechselt war, noch nie getan. Mit jeder Minute, die verging, schien sich die Luft im Raum stärker aufzuladen. Es fühlte sich an wie kurz vor einem Gewitter. Fehlte nur der Donner.

Als die Spannung kaum länger auszuhalten war, begann der Brüll zu sprechen. »Wie ihr sicher schon festgestellt habt, fehlt heute jemand«, sagte er leise. Er rutschte vom Pult und stellte sich vor Fatimas leeren Platz. »Das hat einen Grund, den ich euch nicht vorenthalten will. Fatimas Großvater hat mich gerade eben angerufen und mir mitgeteilt, dass seine Enkelin einen anonymen Brief erhalten hat, in dem sie auf das Übelste beschimpft wird. Er hat sie deshalb nicht zur Schule gehen lassen.«

Wieder schwieg unser Lehrer. Seine Finger trommelten auf die Tischplatte neben mir.

»Ich kann mir nicht vorstellen ...«, fuhr er fort, brach ab und sprach dann weiter: »Ich kann und will mir nicht vorstellen, dass einer von euch den Brief geschrieben hat. Aber vielleicht gibt es ja jemanden, der eine Idee hat, wer es getan haben könnte.«

Der Brüll wartete einen Moment, bevor er zu seinem Pult zurückging. »Wenn mir einer was zu sagen hat, kann er mich gern anrufen. Meine private Nummer sollten eure Eltern haben. So, dabei belassen wir es erst einmal.«

Bis jetzt hatte er in einer absolut erträglichen Lautstärke gesprochen. Nun gab er wieder Vollgas. »Ihr wisst, was morgen ist?«, brüllte er, während er seine Tasche öffnete und einen Haufen zerknickter Papiere und Hefte herausholte.

»Freitag!«, rief Jan. Ich hätte gern gewusst, ob seine Fröhlichkeit was mit Fatimas Fehlen zu tun hatte oder ob er einfach nur gut gelaunt war.

»Sehr richtig, mein junger Freund! Und was erwartet euch an diesem Tag?«

»Die Deutscharbeit«, murmelte Jan.

»Genau«, erwiderte Dr. Brill. »Und deshalb solltet ihr in den nächsten« – er schaute auf seine Armbanduhr – »fünfunddreißig Minuten sehr gut aufpassen.«

Am Mittag stieg ich gemeinsam mit Nick in den Bus. »Was hältst du von der Geschichte mit Fatima?«, fragte ich ihn, während wir die Kaiserallee entlangfuhren. Vielleicht bekam ich ja etwas aus Nick heraus, vielleicht verplapperte er sich. Denn wer bitte schön außer Jan und seinen Freunden hätte einen Grund gehabt, Fatima den Brief zu schicken? Jan hatte die Geschichte mit der vergeblichen Verfolgungsjagd mit Sicherheit noch nicht vergessen. Wie nachtragend er war, hatten wir mehr als einmal erlebt.

Und wenn das Mädchen den Drohbrief von den Vieren bekommen hatte, ging es mir durch den Kopf, dann war die Gang bestimmt auch für die Nachricht an mich verantwortlich. Ein Baseballschläger über unseren Köpfen ... das passte zu Jan.

Nick zuckte bloß die Achseln.

»Keine Idee?«, ließ ich nicht locker.

»Nö. Und du?«

Ich zögerte einen Moment. »Ich könnte mir schon vorstellen, wer den Brief geschickt hat«, sagte ich dann.

Jetzt drehte sich Nick zu mir. »Da bin ich aber neugierig«, sagte er. Er versuchte, keine Miene zu verziehen. Doch es gelang ihm nicht. In seinen Augen zuckte es.

»Man muss sich doch bloß überlegen, wer auf Fatima sauer ist«, erklärte ich.

»Und wer könnte das sein?«, fragte er.

»Denk nach«, sagte ich. »Ich wette, du kommst selber drauf.«

So hatte ich noch nie mit Nick geredet. Immerhin war er seit Jahren im Karate-Club und trug bereits den braunen Gürtel.

»Ich hab keinen Schimmer«, knurrte er und drehte sich von mir weg. »Du bist ein Spinner, Jakob.«

Auf dem Weg nach Hause musste ich an der Berliner Straße 14 vorbei. Die Rollos an den Fenstern im Erdgeschoss waren heruntergelassen, im ersten Stock hatte man die Vorhänge zugezogen. Ein altes Damenfahrrad lehnte an der Hauswand, daneben stand ein halb verrostetes Kettcar. Von irgendwoher ertönte orientalische Musik.

Sollte ich einfach klingeln? Sollte ich anbieten, vom nächsten Tag an mit Fatima gemeinsam zur Schule zu gehen? Aber was war, wenn die dadrinnen nichts mit mir zu tun haben wollten? Egal, das musste ich riskieren. Ließen sie Fatima nur noch in Begleitung ihres Bruders oder ihrer Mutter nach draußen, war es aus mit dem Lauftraining. Entweder sie verboten es ihr ganz oder sie waren bei jeder Übungseinheit dabei. Und darauf konnte ich verzichten.

Ich gab mir einen Ruck, ging zur Haustür und klingelte. »Brahimi« stand in krakeligen Großbuchstaben auf einem Schild über dem Briefkasten. Eine Weile blieb es still. Dann hörte ich drinnen jemanden rufen. Eine zweite Stimme antwortete. Schließlich öffnete sich die Tür. Ein jüngerer Mann mit Pferdeschwanz schaute heraus. Er war schlank und einen Kopf größer als ich.

»Ja?«, fragte er.

»Ist Fatima da?«

»Wer bist du?«, fragte der Mann zurück. Bis auf einen kleinen Akzent sprach er perfekt Deutsch.

»Ich gehe mit Fatima in eine Klasse«, begann ich. »Sie sitzt neben mir. Unser Klassenlehrer hat uns erzählt ...«

»Ach, du bist das«, unterbrach mich der Mann und fasste mich leicht am Arm. »Dann komm mal rein. Aber zieh dir zuerst die Schuhe aus.«

»Keine Angst, wir beißen nicht«, sagte er, als ich zögerte.

Vom Hausflur führte eine Holztreppe in den ersten Stock. Die Stufen waren ausgetreten und lange nicht mehr gestrichen worden. Es roch wie bei meinen Großeltern in Armenien: nach Schwarzkümmel, Koriander und irgendwas Süßem.

Der Mann öffnete die Wohnungstür. »Stell deine Schuhe dort drüben in den Kasten!«, befahl er.

Ich tat es und folgte ihm.

Wir betraten ein geräumiges Wohnzimmer. Ringsum an den Wänden waren breite Sofas aufgestellt, in der Mitte des Raums stand ein niedriger Couchtisch aus dickem Glas und Schiefer. Über den Möbeln hingen eingerahmte Blätter mit arabischer Schrift. Die Vorhänge vor den Fenstern ließen kaum Licht rein.

»Warte hier«, sagte der Mann und verschwand im Nebenzimmer. Einige Augenblicke später kam ein älterer

Herr herein. Er wies auf das Sofa ihm gegenüber und wir setzten uns.

»Ich bin Großvater von Fatima«, stellte er sich vor. »Und du bist Jakob«, fügte er hinzu. Er sprach Deutsch mit starkem Akzent. Aber er war gut zu verstehen.

Ich nickte.

»Du wohnst in Haus 84«, fuhr der Mann fort.

Wieder nickte ich.

In diesem Augenblick betrat eine Frau mit Kopftuch das Zimmer. Sie schenkte mir ein kurzes Lächeln und stellte einen Teller mit Gebäck auf den Tisch.

»Nimm«, sagte Fatimas Großvater, nachdem die Frau den Raum verlassen hatte.

Ich nahm mir ein Plätzchen, in das eine Dattel eingebacken war. Es war süßer als alles, was ich jemals gegessen hatte.

»Was willst du?«, fragte der Mann.

»Doktor Brill hat uns erzählt, dass Fatima einen bösen Brief bekommen hat«, antwortete ich. Ein Krümel verirrte sich in meine Luftröhre, ich musste husten. Irgendwann konnte ich weitersprechen. »Und dass sie deswegen heute Morgen nicht zur Schule gehen durfte. Da habe ich gedacht, ich wohne doch nur ein paar Häuser weiter ... also, da wollte ich anbieten, dass ich sie morgens abholen und mittags zurückbringen kann. Ich meine, dass wir zusammen gehen.«

Der alte Herr Brahimi schaute mich nachdenklich an. »Wie alt bist du?«, fragte er.

»Elf«, antwortete ich.

»Elf? Du sehr groß. Wie vierzehn.« Er stand auf und verließ das Zimmer. Es dauerte eine kleine Ewigkeit, bis er zurückkehrte. Ich verdrückte in der Zeit zwei weitere Dattelplätzchen.

»Dein Lehrer sagt, du guter Junge«, erklärte er.

»Doktor Brill?«, fragte ich erstaunt.

Fatimas Großvater nickte. »Ich ihn angerufen. Wir nicht können Fatima jede Tag zur Schule bringen«, sagte er, nachdem er eine Weile geschwiegen hatte. »Aber in Deutschland Mädchen muss gehen. Auch wenn es böse Brief bekommt.«

Wieder dachte er nach. »Was deine Eltern machen?«, wollte er wissen.

»Meine Mutter ist Architektin und mein Vater entwickelt Spiele«, antwortete ich.

Er verzog das Gesicht. »Spiele?«

Ich nickte. »So was wie Schach.«

Diese Antwort schien ihm besser zu gefallen. »Deine Familie in Ordnung?«, fragte er.

»Sehr in Ordnung!«

»Ich sie anrufen.«

»Warum?«, fragte ich.

»Vielleicht deine Eltern finden nicht okay, dass du Fatima in Schule bringst«, antwortete er.

»Sie werden nichts dagegen haben. Ganz bestimmt nicht!«, rief ich.

Er schaute mich an und endlich nickte er.

Ich sprang auf. »Darf ich Fatima abholen?«, fragte ich zur Sicherheit nach.

Wieder nickte er.

»Ich bin morgen um Viertel nach sieben hier«, sagte ich. Halleluja, vielleicht wurde es ja doch was mit dem Lauftraining.

»Aber ihr geht immer direkt zu Schule«, sagte Fatimas Großvater.

»Ja.«

»Nicht ... wie heißt es ...«

»Trödeln?«, half ich ihm.

»Richtig. Nicht trödeln.«

»Ja.«

»Auf Wiedersehen, Yakub«, sagte Fatimas Großvater.

»Ich heiße Jakob.«

Er lächelte. »Auf Arabisch heißt es Yakub.«

Für ein paar Sekunden schien er erneut nachzudenken. Dann streckte er mir plötzlich seine mächtige Hand hin. Ich schlug ein. »Du bist sehr groß, Yakub. Bist du auch stark?«

Ich zuckte die Achseln.

Fatimas Großvater hieb mir so fest auf die Schulter, dass ich kurz in die Knie ging. Der alte Mann war auf jeden Fall sehr stark. »Du wirst sie beschützen«, sagte er. »Sicher.«

Draußen empfing mich strahlender Sonnenschein. Nach dem Dämmerlicht in der Wohnung der Brahimis brauchten meine Augen eine Zeit, bis sie sich wieder an die Helligkeit gewöhnt hatten. Kaum zu glauben, aber ich hatte es tatsächlich geschafft: Fatima und ich würden uns weiter treffen. Es gab nur ein Problem. Bisher war sie immer zur Schule gelaufen. Wenn es mir nicht gelang, sie zum Busfahren zu überreden, würde auch ich jeden Morgen fast fünf Kilometer rennen müssen. Ich dachte an den Klumpen in meinem Kopf. Dem würde das bestimmt nicht gefallen. Aber vielleicht hielt er ja noch ein Weilchen still, wenigstens so lange, bis Fatima ihren ersten Wettkampf gewonnen hatte.

»Ab morgen musst du mich immer um Viertel vor sieben wecken«, sagte ich beim Mittagessen zu meiner Mutter. Mein Vater war am Vorabend zu seinem Spieleverlag gefahren und würde erst in den nächsten Tagen zurückkommen.

Von meiner Nachricht schien Mama nicht gerade begeistert zu sein. Sie schläft gern aus. »Um Viertel vor sieben?«, fragte sie. »Ist das dein Ernst?«

Ich nickte.

»Und wieso?«

»Ich hole Fatima ab.«

»Das ist ja schön. Aber warum so früh?«

»Sie fährt nicht mit dem Bus. Wir müssen laufen«, antwortete ich in der Hoffnung, dass das Gespräch damit zu Ende war.

Doch meine Mutter war noch nicht fertig. »Das kommt gar nicht infrage!«, widersprach sie. »Denk an deine Zyste!«

Dazu musste sie mich nun wirklich nicht auffordern. Es verging keine Stunde, in der ich nicht an das blöde Ding dachte. Egal was ich gerade machte – die Zyste war immer dabei. »Vielleicht kann ich Fatima ja dazu überreden, den Bus zu nehmen«, sagte ich.

Meine Mutter dachte nach. Das dauerte. »Du warst bei

Fatima zu Hause«, stellte sie schließlich fest. Wäre sie nicht Architektin geworden, hätte sie eine richtig gute Detektivin abgegeben. Es ist fast unmöglich, ihr etwas zu verheimlichen.

»War ich.«

»Ist sie denn einverstanden, dass du sie abholst? Und was sagen ihre Eltern dazu?«

»Ich habe Fatima gar nicht gesehen. Ich habe mit ihrem Großvater geredet«, antwortete ich.

Mama schaute mir tief in die Augen, sozusagen »tief auf den Grund meiner Seele«, wie ich mal in einem Buch gelesen hatte. »Was ist los?«, wollte sie wissen. »Irgendwas stimmt doch nicht! Wieso kann das Mädchen plötzlich nicht mehr allein zur Schule gehen?«

Eigentlich hatte ich ihr nicht erzählen wollen, was passiert war. Aber mir blieb wohl nichts anderes übrig. »Fatima hat einen Brief gekriegt, in dem sie irgendein Blödmann total beschimpft«, begann ich. »Stand natürlich kein Absender drauf. Ihre Familie hat sie deshalb heute nicht zur Schule gehen lassen. Sie hatten Angst, ihr passiert was. Und da habe ich gedacht ...«

»Und da hast du gedacht, dass du ja auf sie aufpassen kannst«, unterbrach mich meine Mutter. Sie sprang auf, warf dabei ihren Stuhl um und nahm mich in die Arme. »Du bist ein wunderbarer Junge«, flüsterte sie mir ins Ohr. »Ich liebe dich. Aber wenn dir in der nächsten Zeit etwas komisch vorkommt, rufst du sofort an, ja?«

»Klar, Mama.«

Sollte ich ihr jetzt noch von meiner Mail erzählen? Von dem Foto mit dem Baseballschläger? Von dem

»Kopftuchfresser«? Wenn ich das tat, würde sie mich unter Garantie nicht mehr allein auf die Straße lassen. Dann würde sie mich morgens mit dem Auto zur Schule fahren und mich mittags wieder abholen. Vielleicht würde sie sogar Bodyguards engagieren, ja, das war ihr zuzutrauen. Egal, was noch passierte, ich durfte auf keinen Fall den Kontakt zu Fatima verlieren – und das nicht nur, weil ich sie weiter trainieren wollte. Durch die Mails verband uns inzwischen viel mehr als nur schnelle Zeiten.

10

In der Nacht schlief ich wie ein Stein. Als mich meine Mutter um Viertel vor sieben wecken kam, hatte ich große Mühe, die Augen aufzukriegen. Beim Aufstehen wurde mir wieder ein bisschen schwindlig. Aber das behielt ich für mich. Meine Mutter wäre sonst mit mir auf der Stelle zum nächsten Neurologen oder gleich ins St.-Josef-Krankenhaus gefahren. Und das wollte ich nicht. Nicht an diesem Tag, an dem ich zum ersten Mal Fatima abholen sollte. Fatima Brahimi, die Olympiasiegerin über 800 Meter bei den Spielen von 2028. Fatima Brahimi, die vielleicht sogar einen Doppelstart riskieren und auch noch über die 1 500 Meter an den Start gehen würde.

»Alles klar, Jakob?«, fragte meine Mutter beim Frühstück. Da war sie wieder, diese Frage, auf die ich keine vernünftige Antwort wusste. Mama saß ungeschminkt und im Morgenmantel am Tisch, vor sich eine dampfende Tasse Kaffee.

»Alles klar«, murmelte ich zwischen zwei Löffeln Schokomüsli. Für längere Unterhaltungen fühlte ich mich zu erschöpft.

»Steht heute was Besonderes an?«, fragte meine Mutter, wie sie es jeden Morgen tat.

»Wir schreiben die letzte Deutscharbeit«, antwortete ich.

»Fühlst du dich denn dafür fit genug?«

»Na logisch.« Ich schaute angestrengt aus dem Fenster. Sobald ich auf den Küchenboden guckte, begann er sich wie ein lebendiges Tier zu bewegen. Dann kam ich mir vor wie auf dem Rücken eines Buckelwals oder eines Dinosauriers.

Mama schaute auf ihre Armbanduhr. »Du musst los«, sagte sie.

Ich nickte bloß, stopfte die Tüte mit den belegten Broten in meine Schultasche und bewegte mich vorsichtig zur Tür. Meine Mutter überflog gerade die Schlagzeilen auf der ersten Seite unserer Zeitung. Sonst hätte sie bestimmt Verdacht geschöpft.

Wenn ich es vermied, nach unten zu schauen, wurde mir nicht schwindlig. Das war gut zu wissen. Nur – wie um alles in der Welt sollte ich unter diesen Umständen die Deutscharbeit schreiben? Ich konnte mir das Heft doch nicht die ganze Zeit vor den Kopf halten! Und der Brüll würde auch keine Lust haben, es zu tun. Obwohl – unser Klassenlehrer war immer für eine Überraschung gut ...

Draußen war es noch kühl, auf dem perfekt geschnittenen Rasen von Schmidts suchten ein paar hungrige Amseln nach Regenwürmern. Ein blasser Sonnenball stieg über den Dächern der Altstadt empor. Ich blieb für einen Moment stehen, schloss die Augen und atmete tief ein und aus. Dann marschierte ich entschlossen die Berliner Straße hinunter.

Bei den Brahimis musste ich einen Augenblick warten, bis jemand auf mein Klingeln öffnete. Es war die Frau, die mir am Tag zuvor die wunderbar süßen Plätzchen gebracht hatte.

»Hallo Yakub!«, sagte sie. Dann drehte sie sich um und rief etwas ins Haus, das ich nicht verstand. Einen Augenblick später erschien Fatima. Sie gab der Frau einen flüchtigen Kuss und lief los.

»Wir müssen uns nicht so beeilen«, keuchte ich, nachdem ich sie eingeholt hatte. »Wir haben Zeit.« Bei dem Tempo würde es mir bald wie Jan ergehen, fürchtete ich. Oder wie auf Maries Party.

Meine Tischnachbarin zuckte nur mit den Schultern.

»War das deine Mutter?«, fragte ich.

Fatima nickte.

»Und wer ist der Mann mit dem Pferdeschwanz?«, fragte ich weiter. Zum Glück gingen wir inzwischen langsamer. Sonst hätte ich die Frage vor lauter Atemnot gar nicht rausgekriegt.

»Mein Onkel Mahmud.«

»Hast du noch Geschwister?«

»Einen Bruder«, antwortete sie. »Er heißt Hassan.«

»War das der Junge, der dich neulich reingerufen hat?«, setzte ich mein Verhör fort.

Wieder nickte sie. Wie üblich war sie nicht besonders gesprächig. Aber das war ich morgens normalerweise auch nicht.

Inzwischen hatten wir die Altstadt erreicht. Der Autoverkehr nahm mit jeder Minute zu, die Bürgersteige bevölkerten sich, vor den Bäckereien bildeten sich Schlangen.

»Was stand in dem Brief?«, fragte ich, während wir an einer Fußgängerampel warten mussten. Zwei Jungen aus der Sechsten warteten mit uns gemeinsam. Sie beachteten uns nicht. Hätte statt Fatima Marie neben mir gestanden, wäre das garantiert anders gewesen.

»Ist doch egal.«

»Sag schon!«

»Warum willst du das denn wissen?«, fragte sie.

»Weil …« Ich brach ab. Sollte ich ihr wirklich von der Mail erzählen, die ich bekommen hatte? Von dem Foto? Von dem Baseballschläger? Von der Mailadresse *kopftuchfresser@gmx.de*? Nein, das würde ich erst mal für mich behalten. Hinterher würde ihrem Opa doch noch was einfallen, wie er sie zu Hause behalten konnte.

»Weil es mich einfach interessiert«, brachte ich den Satz schließlich zu Ende.

Sie schaute mich an. Wahrscheinlich spürte sie, dass sich etwas anderes hinter meiner Neugier versteckte.

»Na gut«, sagte sie schließlich. »Ich solle dahin verschwinden, wo ich hergekommen wäre. Und dass was passiert, wenn ich's nicht tue. Ach ja, und ich sähe mit meinem Kopftuch so hässlich aus, dass man kotz…« Sie brach ab.

»Das war alles«, fügte sie hinzu, nachdem wir eine Weile geschwiegen hatten.

»Stand ein Absender auf dem Brief?«

Sie schüttelte den Kopf. »Die sind doch nicht dumm!«, sagte sie.

»Hast du schon mal so einen Wisch bekommen? Ich meine, bist du früher schon mal bedroht worden?«

»Nein. Blöde Sprüche kenne ich. Da höre ich meistens gar nicht mehr hin. Aber der Brief ist was anderes«, antwortete sie.

»Hast du einen Verdacht, wer ihn geschrieben haben könnte?«, fragte ich weiter.

Wieder schüttelte sie den Kopf.

»Echt nicht?«

»Na ja«, sagte sie. »Vielleicht hat Jan ihn geschrieben. Sonst fällt mir keiner ein.«

Ich wartete, bis wir eine Straße in der Nähe des Rathauses überquert hatten. Dann fragte ich: »Sind dir in dem Brief viele Fehler aufgefallen?«

»Nein, überhaupt keine.«

»Jan ist ganz schlecht in Rechtschreibung«, erklärte ich. »Der wird es also nicht gewesen sein. Aber vielleicht hat Finn-Ole den Wisch für ihn geschrieben. Oder es war Kaspar. Oder auch Nick. Das kriegen wir raus.«

»Wie denn?«, wollte sie wissen. »Du kannst sie doch nicht fragen!«

»Hast du den Brief noch?«

Sie nickte.

»Wir könnten versuchen, einen Schriftvergleich zu machen.«

»Keine Chance«, erwiderte sie. »Der Brief ist am Computer geschrieben worden.«

Eine Weile gingen wir schweigend nebeneinanderher. Wer auch immer uns den Brief und die Mail geschickt hatte, war ein Feigling. Und vor einem Feigling hatte ich keine Angst. Komisch. Dabei hätte man mich an diesem Morgen umpusten können, so wacklig fühlte ich mich.

»Wie geht's eigentlich deinen Händen?«, fragte ich.

Sie zeigte mir ihre rechte Hand. Die gesamte Innenfläche war verpflastert. »Alles gut«, antwortete sie.

»Gut? Na ja«, murmelte ich. »Was hast du deiner Mutter erzählt?«

»Dass ich gestolpert bin.«

»Und was ist mit dem Knie?«

»Tut weh.«

Ich schaute nach unten auf Fatimas Beine – und sofort begann sich der Bürgersteig zu bewegen. Bestimmt wäre ich gestürzt, hätte mich Fatima nicht aufgefangen. Sie war stark, mein lieber Mann, das sah man ihr gar nicht an.

»Geht's wieder?«, fragte sie, während ich angestrengt nach oben Richtung Rathausturm schaute.

Ich nickte.

»Ist dir nicht mehr schwindlig?«

»Nö.«

»Und du willst wirklich Deutsch mitschreiben?«, fragte sie weiter, nachdem sie mich losgelassen hatte. Fatima schien sich Sorgen um mich zu machen. Das freute mich irgendwie. Das freute mich sogar sehr.

»Klar. Der Brüll sagt, dass ich auf eine Zwei kommen kann.«

Die Grammatikarbeit war ein Klacks. Ich konnte jede Aufgabe ohne größere Probleme lösen und war als einer der Ersten fertig. In der letzten Stunde aufzupassen, hatte sich echt gelohnt. Und das Beste: Solange ich schrieb, gab der Klumpen Ruhe. Das blöde Ding schien Grammatik zu mögen. (Ich bekam für die Arbeit übrigens eine Eins und im Zeugnis eine Zwei.)

»Wie war's?«, fragte ich Fatima, nachdem wir unsere Hefte abgegeben hatten.

»Ich mag keine Grammatik«, flüsterte sie und war bis Schulschluss nicht mehr ansprechbar. Das passte zu ihr. Immer wenn ich glaubte, wir wären Freunde geworden oder verstünden uns wenigstens besser, zog sie sich zurück. Vielleicht waren Mädchen aus Algerien so. Keine Ahnung.

Auf dem Nachhauseweg ließen wir uns Zeit. Fatima schien sich noch immer über die Deutscharbeit zu ärgern. Egal, was ich sie fragte, sie blieb einsilbig. Dabei hätte ich gern mit ihr über unser Training gesprochen, über die Zeiten, die sie in diesem Jahr erreichen konnte. Über die 800 Meter traute ich ihr ohne weiteres 2 Minuten und 25 Sekunden zu. Aber solange sie schlechte Laune hatte, ließ ich sie damit besser in Frieden.

Wir hatten es nicht mehr weit bis nach Hause, da hörten wir hinter uns heftiges Geklingel. Im nächsten Moment überholten uns auch schon drei Radfahrer. Sie fuhren so dicht an uns vorbei, dass nicht viel fehlte und sie hätten uns umgeworfen. 50 Meter weiter stoppten sie, drehten ihre Räder und kamen uns langsam entgegen. Es waren Finn-Ole, Jan und Kaspar.

»Na?«, schrien die drei im Chor, als sie vor uns hielten.

Ich nahm allen Mut zusammen und ging weiter, während Fatima stehen blieb.

»Was wollt ihr?«, fragte ich. Ich spürte, wie der Schwindel in mir aufstieg. Nicht auf den Boden schauen, befahl ich mir. Bloß nicht nach unten schauen!

»Nichts«, antwortete Jan.

»Gar nichts«, fügte Kaspar hinzu.

»Nur Hallo sagen!«, rief Finn-Ole.

»Hallo«, sagte ich. »Und jetzt lasst uns durch.« Komisch, seit ich von dem Klumpen wusste, ging es mir immer schlechter. Aber gleichzeitig fühlte ich mich so stark wie noch nie.

Die drei stellten ihre Fahrräder tatsächlich so auf den Bürgersteig, dass ein schmaler Durchgang blieb. Der Brüll hätte nicht hindurchgepasst, für Fatima und mich reichte er.

»Bitte schön«, sagte Jan. »Wir steigen sogar für Kopftücher ab!«

»Sind wir nicht nett?«, fragte Kaspar.

»Keine Angst, wir tun euch nichts«, sagte Finn-Ole und grinste, dass man seine schlechten Zähne sah.

»Komm!«, rief ich Fatima zu.

Sie zögerte.

»Komm schon!«

Ohne einen Blick nach links und rechts zu werfen, gingen wir zwischen den dreien hindurch. Fatima blieb die ganze Zeit dicht hinter mir.

»Bis bald!«, rief Jan.

»Wir sehen uns!«, rief Kaspar.

»Aber logo!«, rief Finn-Ole.

Ich drehte mich zu Fatima um. »Die sind einfach total bescheuert«, flüsterte ich ihr zu.

Sie zuckte nur mit den Schultern.

Bis wir in der Berliner Straße ankamen, sagte sie kein Wort. Erst als wir vor Haus Nummer 14 standen, brach es aus ihr heraus. »Jetzt ist ja wohl klar, wer den Brief geschrieben hat!«, rief sie und ihre Augen blitzten. »Das können nur Jan und seine Freunde gewesen sein!«

Ich nickte. »Du brauchst keine Angst zu haben«, versuchte ich, sie zu beruhigen.

»Du hast gut reden, Jakob.«

»Die haben eine große Klappe«, erwiderte ich. »Aber es steckt nichts dahinter.«

»Bist du sicher?«

Ob ich mir sicher war? Überhaupt nicht. Trotzdem nickte ich. Ich durfte auf gar keinen Fall riskieren, dass sich Fatima von jemand anderem zur Schule bringen ließ.

»In Ordnung.« Sie wandte sich zur Haustür. Doch dann drehte sie sich noch einmal um. »Wir sollten trotzdem vorsichtig sein«, sagte sie. »Bis morgen, Jakob!«

11

Zu Hause fuhr ich sofort meinen Rechner hoch – und atmete erleichtert auf. Es war nur eine einzige Mail gekommen, und die hatte meine Oma aus Armenien geschickt. Mein Vater würde mir den Text wie immer übersetzen müssen. Oma hatte ein Foto angehängt. Es zeigte sie und meinen Opa auf einer großen Familienfeier. Die Tische bogen sich unter Töpfen und Schüsseln. Dutzende von Hühnerschenkeln waren zu sehen und Berge von gewürztem Reis. Dazwischen standen Wein- und Schnapsflaschen und für die Kinder literweise Limonade. Wer bei armenischen Familienfeiern nicht mindestens fünf Pfund zunimmt, gilt als unhöflich, behauptet mein Vater.

Ich gab die Webadresse des Deutschen Leichtathletikverbands ein und rief die Seiten mit den Bestleistungen in den verschiedenen Altersklassen auf. Mein Gedächtnis hatte mich tatsächlich nicht getäuscht: 1988 war ein elfjähriges Mädchen die 800 Meter in unglaublichen 2 Minuten 36 Sekunden gelaufen. Seitdem war niemand in Deutschland schneller gewesen. Fatima würde die Zeit noch in diesem oder spätestens

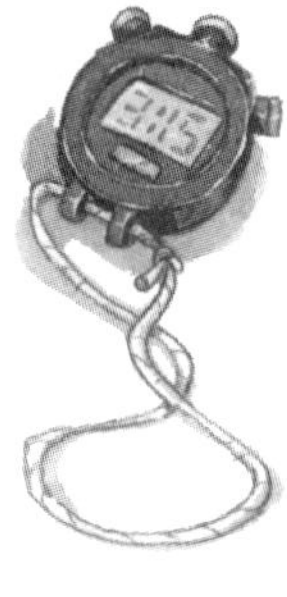

im nächsten Jahr unterbieten, das stand für mich fest. Voraussetzung war allerdings, dass ich sie überreden konnte, regelmäßig zu trainieren.

Während ich mir die Bestzeiten über die 1000 und 2000 Meter anschaute, hatte ich plötzlich eine Idee. Sie war nicht genial, eher ein bisschen verrückt. Aber ich fand sie trotzdem so gut, dass ich sie auf der Stelle Fatima erzählen musste. Auf der Klassenliste fand ich die Nummer der Brahimis und hängte mich ans Telefon.

»Kann ich bitte Fatima sprechen?«, fragte ich, nachdem sich eine Jungenstimme gemeldet hatte. Es war wahrscheinlich Hassan, der kleine Bruder.

»Wer bist du?«

»Jakob.«

»Ach der.«

»Kann ich bitte Fatima sprechen?«, wiederholte ich meine Frage.

»Nö.«

»Und warum nicht?«

»Darum nicht.«

Ich holte tief Luft. »Jetzt hör mal zu«, sagte ich und musste mich beherrschen, nicht loszubrüllen. Was bildete sich dieser Hassan eigentlich ein?! »Fatima muss unbedingt was für die Schule wissen. Es ist wichtig!«

»Und was?«

»Das geht dich nichts an.« Meine Mutter wäre geschockt gewesen, hätte sie mich reden hören. Aber der Kleine ging mir echt auf die Nerven.

Für einen Moment war es am anderen Ende der Leitung still. Dann hörte ich Hassan nach Fatima rufen.

»Hallo?«, sagte sie.

»Hier ist Jakob. Ziehst du morgen früh bitte Turnschuhe an?«

»Warum?«

»Tu es einfach, ja?«

Fatima schien nachzudenken. »Na gut«, sagte sie schließlich. »Tschüss, bis ...«

»Wieso will dein Bruder eigentlich nicht, dass ich mit dir rede?«, unterbrach ich sie.

Fatima lachte. »Er meint immer, dass er auf mich aufpassen muss«, erwiderte sie. »So sind algerische Jungs.«

Der nächste Morgen. Ich hatte kaum geklingelt, da kam mir Fatima auch schon in der Haustür entgegen. Wie besprochen hatte sie die pinkfarbenen Turnschuhe angezogen. Sie trug ein schwarzes Kopftuch. Ein bisschen sah sie nach Friedhof und Totensonntag aus.

»Also?«, fragte sie, nachdem wir ein paar Schritte gegangen waren.

Ich tippte auf die Stoppuhr, die ich mir um den Hals gehängt hatte.

»Wir trainieren auf dem Weg zur Schule. Was hältst du davon?«

Fatimas Gesicht verwandelte sich in ein großes Fragezeichen.

»Pass auf«, sagte ich und erklärte ihr, was ich mir in der Nacht überlegt hatte. Wir würden die Strecke zur Schule in mehrere Etappen unterteilen. Auf ihnen würden wir jeweils verschiedene Dinge üben: Sprints, Steigerungs- oder Tempoläufe.

»Woher weißt du eigentlich, wie man richtig trainiert?«, fragte Fatima.

Ich hatte gehofft, dass sie nicht mit dem Thema anfangen würde.

»Na ja ...«

»Oder läufst du selbst? Ich meine, trainierst du auch?«

»Nö.«

»Also?«

»Ich weiß es aus Büchern«, antwortete ich. »Und aus dem Internet. Bei YouTube gibt es echt gute Trainings-Videos.«

»Hast du schon mal mit jemandem geübt?«, bohrte sie gnadenlos weiter.

Meine Ohren wurden noch röter, als sie es sowieso schon waren. »Hab ich nicht. Du wärst die Erste.«

Fatima schaute mich endlos lange an. Irgendwann hielt ich ihren Blick nicht mehr aus und guckte weg.

»Warum willst du mich eigentlich unbedingt trainieren?«, begann sie endlich wieder zu reden. Auf diese Frage war ich vorbereitet.

»Läufst du gern?«, fragte ich zurück.

»Ja.«

»Läufst du gern schnell?«

»Ja.«

»Läufst du gern schneller als andere?«

»Ja.«

»Und du weißt bestimmt auch, wie gut du bist.«

»Nicht so richtig.«

»Ich aber. Du kannst Olympiasiegerin werden. Und Weltmeisterin.«

»Du spinnst!«

»Tue ich nicht.«

Eine Weile gingen wir schweigend nebeneinanderher.

»Wenn ich trainiere, kann ich also Olympiasiegerin werden«, stellte sie dann fest.

»Und Weltmeisterin.« Ich streckte ihr die Hand hin. »Was ist? Bist du dabei?«

Sie zögerte und nickte dann. Meine ausgestreckte Hand beachtete sie nicht. Aber sie sah mir fest in die Augen. »Ich versuch's, Jakob.«

Bis wir unsere Schule erreichten, zählten wir Schritte: 1 250 bis zum Schwimmbad, von da aus 3 200 bis zur Altstadt, 2 000 bis zur Christuskirche und 1 900 bis zum Eingang des Schiller-Gymnasiums. Machte 8 350 Schritte von der Berliner Straße bis zur Schule. Oder anders: etwa fünf Kilometer. Leider hatte ich keine Stoppuhr mit GPS. Dann hätten wir es ganz genau gewusst.

In der letzten Stunde hatten wir Sport. Kurz vor dem Klingeln rief uns Herr Schrage noch einmal zusammen.

»Am 12. Juni findet, wie ihr wisst, der Stadtwaldlauf statt«, begann er seine Rede. »Für die, die es vergessen haben sollten: An dem Wettkampf nehmen Schülerinnen und Schüler aller Schulen der Stadt teil. Die Schule mit den besten Läufern bekommt einen Wanderpokal. Im letzten Jahr haben wir ihn zum ersten Mal gewonnen.«

Er machte eine kurze Pause, fuhr sich über die Glatze

und fuhr dann fort: »Natürlich wollen wir den Pokal verteidigen. Das wird aber sehr schwer werden. Die Heinrich-Böll-Gesamtschule stellt ein ganz starkes Team. Viele von ihren Läufern trainieren im Verein, einige haben schon bei Meisterschaften gewonnen. Scheint bei denen ein besonders guter Jahrgang zu sein.«

»Wie lang sind die Strecken?«, fragte Jan, der direkt neben unserem Sportlehrer stand.

»In eurer Altersklasse 1 500 Meter«, antwortete der Schrage.

»Für Mädchen und Jungen?«, wollte Marie wissen.

»Für Mädchen und Jungen.«

»Ich bin dabei«, sagte Jan. Typisch, der Angeber schlug sich mal wieder selber vor.

Der Schrage nickte. Was sollte er machen – es gab keinen Jungen in der Unterstufe, der schneller und ausdauernder war als Jan.

»Kaspar ist auch gut«, fügte der noch hinzu.

Wieder nickte Schrage. »In Ordnung.« Er schaute sich um. »Pit? Was ist mit dir?«

»Wenn's sein muss«, murmelte Pit. Er war der mit weitem Abstand beste Fußballer in unserer Klasse und träumte davon, irgendwann Nationalspieler zu werden. Doch sonst interessierte ihn ziemlich wenig – die Schule schon gar nicht.

»Und nun zu den Mädchen«, fuhr Schrage fort. »Marie und Antonia laufen mit und … und …«

»Fatima«, sagte ich leise. Hätte man mich gefragt, wie der Name über meine Lippen gekommen war, hätte ich keine Antwort gewusst. Es passierte von ganz allein, als ob sich irgendein Bereich meines Hirns selbstständig gemacht hätte.

»Wie bitte?«, rief der Schrage.

Jetzt hatte ich den Salat, jetzt würde ich aus der Nummer nicht mehr rauskommen. Und eigentlich wollte ich es gar nicht. »Fatima«, sagte ich etwas lauter.

»Was ist mit ihr?«, fragte unser Sportlehrer.

»Fatima läuft irre gut«, erklärte ich. »Sie ist sogar Jan wegge...«

»Stimmt ja gar nicht, Spinner!«, unterbrach mich Jan. »Ich habe die blöde Kuh bloß nicht gekriegt, weil ich mir den Fuß verknackst habe!«

»Schluss jetzt!«, rief der Schrage und wandte sich an Fatima. »Möchtest du denn überhaupt mitlaufen?«, wollte er wissen.

Fatima schüttelte den Kopf. Das tat sie so heftig, dass es nicht den kleinsten Zweifel geben konnte: Sie dachte nicht mal im Traum daran, beim Stadtwaldlauf mitzumachen.

Und ich? Ich stand da wie ein begossener Pudel und musste mir gefallen lassen, dass mich nicht nur Finn-Ole, Kaspar, Nick und Jan blöd angrinsten. Auch die anderen warfen mir hämische Blicke zu. Die Mädchen kicherten.

Der Schrage seufzte. »Wirklich schade. Na, dann bringen wir in eurer Altersklasse eben nur zwei Mädchen an den Start. Oder gibt es noch Freiwillige?«

Niemand meldete sich. Hätte mich auch gewundert. Bis auf Marie, die Tennis spielte, und Antonia, die ruderte, hatten unsere Mädchen mit Sport nicht viel am Hut.

Auf dem Nachhauseweg schwieg Fatima. Nicht ein einziges Mal schaute sie mich an.

»Bist du sauer?«, fragte ich irgendwann.

Statt mir zu antworten, ging sie schneller.

»Ich hab das nicht geplant!«, rief ich. »Es ist einfach passiert! Ich dachte ja nur ...«

Abrupt blieb sie stehen und drehte sich zu mir um. »Du dachtest?«, fauchte sie. Ihre Augen funkelten. »Gar nichts hast du dir gedacht! Glaubst du im Ernst, ein algerisches Mädchen könnte so einfach durch die Gegend laufen und irgendwelche Leute schauen ihr dabei zu? Hm? Glaubst du, meine Familie würde mir das erlauben? Du willst doch bloß damit angeben, dass du mich entdeckt hast, weil du selbst nicht so schnell laufen kannst! Dir geht's doch gar nicht um mich!«

Damit rannte sie los und war im nächsten Moment verschwunden.

12

Zu Hause wartete niemand auf mich. Auf die Schiefertafel neben dem Flurspiegel hatte meine Mutter mit hellgrüner Kreide geschrieben: Auto kaputt. Bin in der Werkstatt!

Genau wie mein Vater kaufte sie nur Autos, die mindestens 200 000 Kilometer auf dem Tacho hatten. Kein Wunder, dass die Wagen von Zeit zu Zeit schlappmachten.

Ich warf meine Schultasche unter die Garderobe und zog die Schuhe aus. Dabei trat ich auf ein halbes Dutzend Briefe, die der Postbote durch den Schlitz in der Haustür geworfen hatte. Als ich sie aufhob, las ich auf einem schmalen Briefumschlag den Absender *St.-Josef-Krankenhaus – Neurochirurgie*. Der Brief war an meinen Vater gerichtet. Aber es ging um mich, es konnte gar nicht anders sein. Da war mir das Briefgeheimnis, oder wie das hieß, piepegal. Das Herz klopfte mir bis zum Hals, in meinem Kopf wummerte es. Heavy Metal für die verfluchte Zyste. Daran verrecken sollte sie, dann hatte ich endlich meine Ruhe!

Mit fliegenden Händen riss ich den Umschlag auf. »Sehr geehrter Herr Ter-Owanesian«, las ich. »Wie wir

Ihnen bereits telefonisch mitteilten, haben unsere Untersuchungen und die zusätzlichen Konsultationen von Neurologen und Neuropädiatern aus anderen Kliniken ergeben, dass eine Operation bei Ihrem Sohn Jakob leider unumgänglich ist. Als Termin schlagen wir vor …«

Die Buchstaben verschwammen vor meinen Augen. In meinem Bauch breitete sich eine dumpfe Leere aus. Trotz allem hatte ich immer noch gehofft, nicht unters Messer zu müssen.

Es dauerte, bis der Schwindel verschwunden war und ich weiterlesen konnte. Als Operationstermin war der 14. Juni vorgesehen. Der 14. Juni … Zwei Tage vorher fand der Stadtwaldlauf statt! Der Lauf, an dem Fatima nicht teilnahm, obwohl sie ihn haushoch gewinnen würde. Dieselbe Fatima, die mit mir nichts mehr zu tun haben wollte. Die mir vorgeworfen hatte, dass ich nur an mich dachte. Die damit vielleicht sogar recht hatte. Wie auch immer sie reagieren würde – ich musste unbedingt mit ihr reden.

Ich hatte das Telefon schon in der Hand, da hörte ich, wie die Haustür aufgeschlossen wurde. Es war meine Mutter, endlich. Obwohl ich inzwischen fast so groß war wie sie, warf ich mich ihr in die Arme. Tränen schossen mir in die Augen, ich schrie. Schrie, wie ich es seit Jahren nicht mehr getan hatte. Schrie, als ob ich Zyste, Angst und Schwindel aus mir herausbrüllen könnte. Obwohl sie ernsthaft um ihre Trommelfelle fürchten musste, sagte Mama nichts. Sie hielt mich nur fest, ganz fest, bis ich mich beruhigt hatte.

»Was ist denn los?«, fragte sie.

Wortlos deutete ich auf das Schreiben des Krankenhauses.

»Der 14. Juni«, murmelte Mama, nachdem sie den Brief gelesen hatte. »Da hast du noch ein bisschen Zeit.«

»Ich habe Angst, Mama«, sagte ich. »Eine verdammte, verfluchte Scheißangst.«

Sie drückte mich wieder an sich. »Ich auch«, flüsterte sie mir ins Ohr. »Ich auch, Jakob.«

»Was ist, wenn bei der Operation was nicht klappt und ich hinterher im Rollstuhl sitzen muss«, fragte ich. »Ich meine, für immer?«

Mama schob mich von sich weg und schaute mir fest in die Augen. »Das wirst du nicht. Vielleicht brauchst du in den ersten Tagen einen Rollstuhl, bis du dich erholt hast. Aber dann wirst du wieder laufen!«

»Bist du sicher, Mama?«

»Ganz sicher, Jakob. Wir müssen den Ärzten vertrauen. Doktor Kaya hat gesagt, dass alles gut werden wird, sobald die Zyste draußen ist. Er ist ein erfahrener Arzt, er kennt sich aus. Wir schaffen das, hundertprozentig! Und jetzt koche ich uns was, ja? Du hast bestimmt Hunger.«

Hunger? Wie hätte jemand nach solch einer Nachricht Hunger haben können!

»Fatima ist sauer auf mich«, sagte ich und erzählte meiner Mutter vom Stadtwaldlauf und von unserem Streit.

Sie hörte aufmerksam zu. Dann wuschelte sie mir durch die Haare. »Wir essen erst mal. Und danach rufst du Fatima an. Einverstanden?«

Als ich eine halbe Stunde später bei den Brahimis anrief, war Fatima sofort am Telefon. »Was willst du?«, fragte sie. Ihrer Stimme war anzuhören, dass sie immer noch wütend auf mich war.

»Ich ... ich wollte mich entschuldigen«, begann ich.

»Hm«, machte sie.

»Ich ... ich hätte dich vorher fragen sollen, ob du mitlaufen willst.«

»Hm«, machte sie.

»Außerdem ...« Ich brach ab.

»Ja?«

»Außerdem hast du vielleicht recht.«

»Womit?« Wenn ich mich nicht täuschte, klang ihre Stimme schon ein bisschen freundlicher. Jetzt bloß nichts Falsches sagen, nahm ich mir vor.

»Vielleicht bin ich wirklich stolz darauf, dass ich dich entdeckt habe«, antwortete ich.

»Hm«, machte Fatima.

»Aber das ist nicht alles, glaub mir«, fuhr ich fort. »Ich will unbedingt, dass du Olympiasiegerin wirst. Und Weltmeisterin.«

Für ein paar Sekunden war es still. Ich dachte schon, die Verbindung wäre unterbrochen, da sagte Fatima zwei Wörter: »In Ordnung.«

»Was ist in Ordnung?«, fragte ich zurück.

»Wir trainieren«, antwortete sie. »Meinetwegen morgens auf dem Weg zur Schule. Aber wir müssen aufpassen. Meine Familie darf davon nichts wissen ...«

»Und Jan und die anderen auch nicht«, unterbrach ich sie.

»Genau.«

»Wir brauchen eine Strecke, wo wir nicht auffallen«, sagte ich. »Ich kümmere mich darum. Gleich heute Nachmittag. Läufst du jetzt doch im Stadtwald mit?«, wollte ich wissen, weil Fatima schwieg.

»Nein«, sagte sie.

»Warum denn nicht? Du wirst gewinnen!«, rief ich.

»Du kennst meinen Opa, Jakob«, erwiderte sie. »Er wird es nicht erlauben. Tut mir leid«, fügte sie hinzu.

»Was soll das Training, wenn du keine Wettkämpfe machen darfst?«, fragte ich.

Fatima antwortete nicht.

Aber noch gab ich nicht auf. »Ich werde zwei Tage nach dem Lauf am Kopf operiert«, sagte ich. Fatima musste den Schullauf einfach mitmachen, da war mir jedes Mittel recht. Sogar ein bisschen Erpressung.

»Am Kopf?«, hörte ich ihre erschrockene Stimme.

»Ja. Sie holen etwas raus, was da nicht reingehört.«

»Du hast also doch Krebs«, sagte sie leise.

»Habe ich nicht, ich schwöre. Aber ich weiß genau, dass ich die Operation besser überstehe, wenn du mitläufst«, erwiderte ich. »Dann habe ich wenigstens was, woran ich denken kann, wenn sie mir im Krankenhaus die Narkose geben. Dann weiß ich, dass wir beide was geschafft haben, verstehst du? Das wäre wie ein Zeichen, dass alles gut wird. Du gewinnst und ich überstehe die Operation – das wäre doch super, oder? Sag dem Schrage, dass du doch mitläufst! Bitte!«

Wieder war es am anderen Ende der Leitung still.

»Ich rede mit meinem Großvater«, sagte Fatima irgendwann. »Er mag dich. Und mich auch«, fügte sie hinzu, bevor sie auflegte.

Erleichtert ging ich in mein Zimmer. Mein Vater hatte mir eine lange Mail geschickt, in der er mir von seinem Besuch im Spieleverlag erzählte. Als Anhang hatte er ein Bild des Brettspiels *Detektiv 2222* mitgeschickt, wie es sich der Verlag vorstellte. Er müsse noch ein paar Dinge klären, bevor er nach Hause komme, schrieb er. Ansonsten war mein Postfach leer – bis zu dem Moment, als ich den Rechner herunterfahren wollte. Es gab das übliche Klingelzeichen und eine neue Nachricht poppte auf. *Kopftuchfresser@gmx.de* schrieb: »Wir machen keinen Spaß. Lass die Finger von der Tussi, dann passiert dir nichts.« Im Anhang fand ich ein neues Foto. Es zeigte Fatima und mich auf dem Weg nach Hause. Wir gingen so eng nebeneinanderher, dass es aussah, als hielten wir Händchen. Über unseren Köpfen schwebte wieder der große Baseballschläger.

Was sollte ich tun? Die Nachricht löschen? Einen Ordner mit dem Stichwort *Drohmails* anlegen? Das Ganze nicht beachten? Mit meinen Eltern reden oder mit dem Brüll?

Eines stand jedenfalls fest: Was auch immer die unbekannten Schreiber vorhatten, sie würden mich nicht davon abhalten, Fatima zu trainieren. Wir mussten einfach noch viel vorsichtiger sein. Ich verschob die Mail in meinen Spieleordner und fuhr den Rechner herunter.

13

Finde mal einen neuen Schulweg, wenn du seit Monaten an den alten gewöhnt bist! Das ist nicht einfach, echt nicht. Die Brahimis durften uns nicht trainieren sehen. Außerdem mussten wir unbedingt vermeiden, Jan und seinen Freunden in die Arme zu laufen. Jan wohnte irgendwo in der Altstadt, ihm konnten wir leicht aus dem Weg gehen. Aber bei Finn-Ole und Kaspar war das schwieriger. Die beiden lebten in einem Hochhaus an der Kaiserallee, der eine im sechsten, der andere im zehnten Stock. Die Straße schnitt die Stadt in zwei Hälften. Egal, wie wir es anstellten, wir würden sie überqueren müssen. Und dann waren da die beiden Mails. Ganz gleich ob Jan und seine Freunde oder jemand anderes sie geschrieben hatten, es wurde auf jeden Fall noch schwieriger für uns, unbeobachtet zu trainieren.

Ich war gerade in den Brahmsweg eingebogen, der parallel zur Berliner Straße Richtung Innenstadt führt, da hörte ich eine vertraute Stimme meinen Namen rufen. Als ich mich umdrehte, kam Nick auf mich zugelaufen. Von seinen Freunden war nichts zu sehen. Das beruhigte mich – wenigstens ein bisschen.

»Was tust du denn hier?«, wollte er wissen.

»Und du?«, fragte ich zurück. Hatte mich Nick etwa die ganze Zeit verfolgt? Vielleicht sogar während der letzten Tage? Hatte er die Bilder von Fatima und mir gemacht? Tauchten gleich die anderen auf? Gab es jetzt die Abreibung, die mir Jan schon lange angedroht hatte? Weglaufen war zwecklos. Nick war auf jeden Fall schneller als ich. Und ich hatte dazu noch den Klumpen im Kopf, der mich immer mehr in eine lahme Ente verwandelte.

Doch es kam anders, als ich befürchtet hatte. »Ich wohne dort drüben«, antwortete Nick in versöhnlichem Ton.

Schon komisch. Wir waren so oft gemeinsam mit dem Bus zur Schule gefahren. Aber ich hatte bis zu diesem Nachmittag nicht gewusst, dass es von unserem Haus zu Nick nur ein Katzensprung war.

»Na dann«, sagte ich und wandte mich zum Gehen.

»Ich wollte ...«, begann Nick und brach ab.

»Ja?«

»Ich wollte dir nur sagen, dass ich nicht gut finde, was Jan und die anderen mit euch machen. Mit dir und Fatima, meine ich«, brachte Nick seinen Satz zu Ende.

»Was machen sie denn?«, fragte ich, als wüsste ich nicht, wovon er redete. Rückte Nick jetzt damit heraus, wer mir die Fotos geschickt hatte und Fatima den Brief? Würde ich endlich wissen, wer der »Kopftuchfresser« war?

Aber noch schien es nicht soweit zu sein.

»Jan, Finn-Ole und Kaspar haben euch aufgelauert, stimmt's?«, fragte er.

Ich nickte.

»Sie wollten, dass ich mitmache.«

Na schön, das wusste ich jetzt. Doch was anderes interessierte mich viel mehr. »Und der Brief an Fatima? Und die Mails an mich? Was ist damit?«, fragte ich weiter.

»Was stand denn in den Mails drin?«, fragte er zurück.

Ich würde den Teufel tun und ihm von den Fotos und den Drohungen erzählen. »Ach, nur blödes Zeug. Also, was ist? Habt ihr mir die geschickt?«

»Davon weiß ich nichts. Ehrlich«, fügte er hinzu, als er mein zweifelndes Gesicht sah.

»Was habt ihr eigentlich gegen Fatima?«, wollte ich wissen. »Sie hat euch nichts getan! Das mit dem Volleyball kann doch nicht der Grund sein!«

Nick zuckte mit den Schultern. »Jans Vater sagt, alle Flüchtlinge sind kriminell, die können gar nicht anders. Die hätten bei uns nichts verloren. Die sollen dahin gehen, wo sie herkommen. Deshalb soll sich auch keiner mit ihnen abgeben ...«

»Wie ich zum Beispiel«, unterbrach ich ihn.

Er nickte.

»Und was ist mit dir? Findest du das auch?«, fragte ich.

»Was?«

»Dass Fatima und ihre Familie wieder zurück nach Algerien gehen sollen?«

Wieder zuckte er mit den Schultern. »Ich weiß nicht«, antwortete er, ohne mich dabei anzusehen.

»Was ist mit Kaspar und Finn-Ole?«

Nick verzog das Gesicht. »Für die ist Jan der liebe Gott.«

Ich hätte gern von ihm gewusst, warum er mit den Jungs befreundet war. Doch ich ließ es. »Weißt du, ob sie irgendwas planen? Gegen Fatima und mich?«, fragte ich stattdessen.

Er schwieg.

»Würdest du es mir verraten?«

Er schwieg weiter.

»Würdest du mir denn wenigstens Bescheid geben, wenn sie eine ganz große Schweinerei vorhaben?«

Er nickte.

»Okay. Dann mach's mal gut.«

Damit ließ ich ihn stehen. Bei 237 Schritten war ich angelangt, als er mich unterbrochen hatte. Von da an zählte ich jetzt weiter. Nick hatte mir nicht alles gesagt. Aber immerhin wusste ich nun, dass Nick nicht so war wie die anderen aus Jans Clique. Vielleicht konnte ich mir das eines Tages zunutze machen.

Ich hatte genau 6 500 Schritte erreicht, als ich die Kaiserallee überqueren musste. Sie ist die mit Abstand größte Straße der Stadt. Mittendurch verläuft ein Grünstreifen mit einem Kiesweg.

Aus Richtung Altstadt kamen gerade zwei Läufer angerannt. Es waren Jan und Kaspar. Die hatten mir gerade noch gefehlt!

Die Fußgängerampel zeigte Rot, ich würde den beiden nicht entkommen können. Das war schlecht, ganz schlecht sogar.

»Na, wen haben wir denn da?«, rief Jan. Die Laufschuhe, die er trug, waren bestimmt nicht billig gewesen. Luxusklasse sozusagen.

»Den Jakob!«, rief Kaspar, der mit derselben Marke lief. Er hatte einen hochroten Kopf und schnappte nach Luft.

Jan schien in deutlich besserer Verfassung zu sein. Auf seiner Stirn standen nur ein paar kleine Schweißtropfen. »Wo ist denn deine Kopftuch-Tussi?«, fragte er und versetzte mir gleichzeitig einen Faustschlag in die Seite. Es tat weh, aber ich gab keinen Laut von mir.

»Deine Fatima hat dich heute in der Schule ja ganz schön auflaufen lassen«, sagte Kaspar. »Das war echt oberpeinlich.«

»Die hat Schiss«, sagte Jan grinsend.

»Was ist mit dir?«, fragte Kaspar und schlug mir in die andere Seite. Es tat nicht ganz so weh wie bei Jan. »Wir trainieren noch 'ne Stunde. Wenn du versprichst, nicht umzukippen, darfst du mitkommen.«

Ich wollte gerade den Kopf schütteln, da tätschelte mir Jan die Backe. »Dem Spinner hat's die Sprache verschlagen. Stimmt's?«

In diesem Moment sprang die Fußgängerampel auf Grün. Ich sprintete über die Straße, hinter mir das Gelächter von Jan und Kaspar.

14

Hast du eine Strecke für uns gefunden?«, war Fatimas erste Frage, als ich sie am nächsten Morgen abholte. Das blassrote Kleid, das sie auch schon auf der Aschenbahn getragen hatte, schien ein bisschen kürzer geworden zu sein. Wahrscheinlich hatte sie keine Lust, ein zweites Mal auf die Nase zu fallen. Der Winkel, den sie sich beim Sturz hineingerissen hatte, war geflickt. Man hätte eine Lupe gebraucht, um die Stopfnaht zu erkennen.

Ich nickte. »Wir laufen über Brahmsweg, Kurze Straße, Kaiserallee, Wasserweg und zum Schluss durch die Sonnengasse. Das sind 1 000 Schritte mehr als der andere Weg. Aber dafür ist er sicherer. Hoffe ich wenigstens«, fügte ich hinzu.

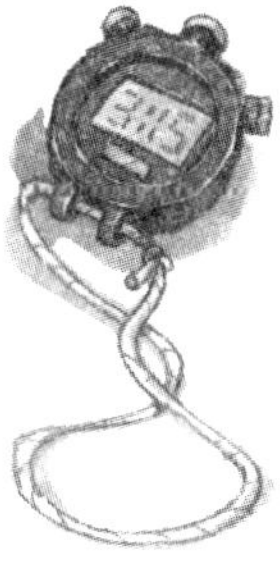

»Und wie soll das Training funktionieren?«, wollte sie wissen. »Du kannst doch nicht mitlaufen, Jakob!«

Ich tippte auf meine Stoppuhr. »Ich sage dir, was du tun sollst, und nehme die Zeiten.«

Sie reichte mir ihre Schultasche und trabte ein bisschen auf der Stelle. »Dann los!«, rief sie.

Aber ich war noch nicht soweit. »Hast du schon mit deinem Großvater geredet?«, fragte ich.

Sie schüttelte den Kopf.
»Warum nicht?«
»Er hat schlechte Laune.« Sie zeigte zum Himmel. Die Sonne hatte sich hinter schmutzig grauen Wolken versteckt. Die Luft war deutlich kühler als in den letzten Tagen. Es roch nach Regen, vielleicht sogar nach viel Regen. »Wenn das Wetter wechselt, lässt man meinen Opa besser in Frieden«, erklärte sie. »Dann tut ihm alles weh. Vielleicht rede ich heute Mittag mit ihm. Oder heute Abend.«
Dann begannen wir mit dem Training. Zunächst ließ ich Fatima bis zum Ende des Brahmswegs und wieder zurück laufen. Das würde ungefähr zehn Minuten dauern, hatte ich am Abend zuvor ausgerechnet. Ich hoffte, dass ihre Muskeln danach locker genug waren, um einen ersten Tempolauf zu machen. Eine Zerrung war das Letzte, was wir so kurz vor dem Stadtwaldlauf brauchen konnten.
»Du schlenkerst zu viel mit den Armen«, sagte ich, als sie schon nach sieben Minuten zurück war. Sie schien kein bisschen außer Puste zu sein. »Das kostet dich Zeit. Ich zeig dir mal, wie das aussieht!«
Zuerst lief ich ein paar Meter wie sie. Betrunkener Storch sozusagen. Oder junger Albatros beim ersten Startversuch. Danach führte ich meine Arme, wie es sein muss, parallel am Körper entlang. Dabei bewegte ich sie so, dass der rechte nach vorn ging, wenn der linke Fuß den Boden berührte, und sich der linke Arm nach vorn bewegte, wenn der rechte Fuß auf dem Boden aufkam. Bei mir geschah das schon immer ganz

automatisch – wie bei den allermeisten Menschen. Aber Fatimas Gehirn schien aus irgendeinem Grund anders geschaltet zu sein. Hob sie das rechte Bein, hob sie auch manchmal ihren rechten Arm. Senkte sie ihr linkes Bein, senkte sie alle paar Schritte auch ihren linken Arm. Deshalb sah es so aus, als ob sie flatterte.

»Versuch mal, so zu laufen wie ich!«, sagte ich.

Fatima lachte. »Das sah komisch aus!«, prustete sie.

Es war schön, wie Fatima lachte. So locker hatte ich sie noch nie erlebt. Ich hätte gern ein bisschen mehr davon gehabt. Aber jetzt war Training angesagt. »Los!«, kommandierte ich.

Am Anfang bewegte sich Fatima noch wie ein startender Albatros. Doch nach und nach führte sie ihre Arme enger am Körper entlang. Es sah alles andere als perfekt aus, jeder Trainer wäre entsetzt gewesen. Aber bis ich ins Krankenhaus musste, hatten wir ja noch ein paar Tage Zeit. Vielleicht gelang es mir, ihr das Flattern bis dahin abzugewöhnen.

Inzwischen waren wir in der Kurzen Straße angelangt. »Tempolauf«, sagte ich. »Du läufst die Straße bis zum Ende und kommst wieder zurück. Versuch unbedingt, ein gleichmäßig hohes Tempo durchzuhalten.« Ich schaute auf meine Stoppuhr. »In spätestens acht Minuten solltest du wieder hier sein. Alles klar?«

Sie nickte nur und rannte los, kaum dass ich die Stoppuhr in Gang gesetzt hatte. Sah schon besser aus, fand ich – auch wenn sie sich zwischendurch immer wieder für ein paar Schritte in einen betrunkenen Storch verwandelte.

Nach genau 6 Minuten und 35 Sekunden war sie zurück. Diesmal brauchte sie einige Minuten, bis sie wieder Luft bekam.

»Du warst zu schnell«, sagte ich. »Viel zu schnell. Es reicht, wenn du beim Stadtwaldlauf an deine Grenzen gehst.«

Sie zuckte nur mit den Schultern. »Und jetzt?«, fragte sie, während sie sich den Schweiß von der Stirn wischte. Das Kopftuch hatte ihr rote Streifen ins Gesicht geschnitten.

»Jetzt müssen wir uns beeilen«, antwortete ich. In genau 20 Minuten begann der Unterricht.

»Du, Jakob?«, sagte Fatima, als wir an einer Ampel warten mussten.

»Was ist?«

»Wäre es schlimm für dich, wenn ich nicht beim Stadtwaldlauf mitmachen darf?«

Wäre es schlimm? Ich überlegte.

Vielleicht konnte sie ja im nächsten Jahr teilnehmen und natürlich würde sie dann auch gewinnen. Andererseits – wer wusste schon, was nächstes Jahr war? Wer konnte mir versprechen, dass ich nach der Operation wieder richtig auf die Beine kam? Außerdem glaubte ich inzwischen fest daran, dass die Operation ein Klacks sein würde, wenn Fatima im Stadtwald mitlief.

»Ja«, antwortete ich. »Das wäre sehr schlimm.«

Am Nachmittag klingelte das Telefon. Meine Mutter ging ran. »Ja, Jakob ist zu Hause«, hörte ich sie sagen.

»Da ist deine Fatima«, flüsterte sie, als sie mir den

Hörer reichte. Mann, wie ich dieses »deine Fatima« hasste!

»Ist noch was?«, fragte ich, weil sie im Zimmer stehen blieb.

»Nö, alles okay«, antwortete sie und schloss grinsend die Tür. Von außen, versteht sich.

»Ich darf nicht mitlaufen«, sagte Fatima, nachdem ich mich gemeldet hatte. »Meine Mutter hätte es erlaubt, glaube ich. Aber mein Großvater will nicht.«

»Und er bestimmt, was bei euch passiert«, stellte ich fest. »Nicht deine Mutter.«

»Er bestimmt. Das ist bei uns so.«

In meinem Kopf rasten die Gedanken. Es musste doch irgendeine Möglichkeit geben, dass Fatima am Stadtwaldlauf teilnahm!

»Bist du noch dran?«, fragte sie.

»Könntest du es nicht einfach verheimlichen?«, schlug ich vor. »Der Lauf findet doch am Vormittag statt. Keiner aus deiner Familie wird was davon mitbekommen!«

Jetzt war es am anderen Ende der Leitung still. Fatima schien nachzudenken. »Und was ist, wenn beim Lauf Fotos gemacht werden, die am nächsten Tag in der Zeitung stehen?«, sagte sie dann. »Was ist, wenn ich stürze? Wenn ich mich dabei verletze und ins Krankenhaus muss? Was ist, wenn ich wirklich gewinne und aufs Siegertreppchen muss? Was ist, wenn Jan und die anderen mir auflauern? Nein, das ist alles viel zu riskant.«

Fatima hatte recht. Es war auf jeden Fall besser, wenn die Brahimis Bescheid wussten.

»Meinst du, es hat Zweck, wenn ich mit deinem Opa rede?«, fragte ich.

»Ich glaube nicht. Aber du kannst es ja versuchen.«

»Ist er zu Hause?«

»Ja.«

Nicht mal zwei Minuten später klingelte ich bei den Brahimis. Fatimas Bruder ließ mich ins Haus. »Was willst du?« Hassan schien mich nicht leiden zu können. Das beruhte auf Gegenseitigkeit – ich mochte den kleinen Stinker auch nicht.

»Ist dein Opa da?«

»Ja.«

»Ich möchte gern mit ihm reden.«

»Über den Lauf im Stadtwald?«

Aha, Hassan wusste also auch schon Bescheid. Ich nickte.

Er verschwand wortlos in der Wohnung. Einen Moment später kam sein Großvater zur Tür.

»Guten Tag, Yakub«, sagte er.

»Guten Tag, Herr Brahimi. Haben Sie einen Moment Zeit?«

»Komm!«

Wie bei meinem ersten Besuch zog ich mir die Schuhe aus. Und wie beim letzten Mal brachte uns Fatimas Mutter Gebäck. Diesmal war es knusprige Schokolade, die jedem Zahnarzt Tränen des Entsetzens in die Augen getrieben hätte.

»Fatima ist eine sehr gute Läuferin«, begann ich.

Herr Brahimi schaute mich mit unbewegtem Gesicht

an. Er schien zu wissen, worauf ich hinauswollte. War ja auch nicht schwer zu erraten.

»Ich glaube sogar, dass es in Deutschland keine bessere Läuferin in ihrem Alter gibt«, fuhr ich fort.

Der Alte rief etwas, Fatimas Mutter antwortete aus dem Nebenzimmer. Einen Augenblick später brachte sie zwei Gläser Tee herein – das eine mit einer hellbraunen, das andere mit einer giftgrünen Flüssigkeit.

»Vom Apfel«, erklärte er und gab mir den grünen Tee. Er war sehr heiß und sehr süß.

»Fatima muss einfach beim Stadtwaldlauf mitmachen«, fuhr ich fort, nachdem ich getrunken hatte. »Damit alle sehen, wie gut sie ist!«

»Woher weißt du?«, fragte Herr Brahimi.

»Was?«, fragte ich zurück.

»Mit Fatima und laufen«, antwortete er.

Ich konnte ihm unmöglich von den beiden Runden auf dem alten Sportplatz und von unserem ersten Trainingstag erzählen. Deshalb erwiderte ich: »Sie ist Jan aus meiner Klasse weggerannt, und der ist der beste Läufer in der Unterstufe. Sie ist ein Mädchen und trotzdem viel schneller als er.«

Der Alte stellte sein Teeglas vorsichtig auf den Couchtisch. »Alle in unsere Familie gute Läufer«, erzählte er. »Ich Marathonläufer unter drei Stunden. Ist lange her. Mein Sohn, Vater von Hassan und Fatima, algerische Meister 5000 Meter. Dreimal, bis er krank geworden. Fatimas Onkel Mahmud ...«

»Der mit dem Zopf?«, unterbrach ich ihn.

Er nickte. »Onkel Mahmud algerische Meister 3000 Meter Hindernis. Wenn wir nicht vor Terror in unsere Land geflohen, er bei den nächsten Olympische Spielen mitgemacht. Mit Chance auf Medaille. Hat sogar einmal gewonnen gegen Läufer aus Kenia!«

»Was ist mit Hassan?«, fragte ich.

»Hassan hat Lunge wie Kamel. Ich noch nie erlebt bei so kleine Junge. Ist nicht schnell wie sein Papa oder Onkel Mahmud, wird aber mal große Marathonläufer.«

In mir stieg ein Verdacht auf. »Macht er etwa beim Stadtwaldlauf mit?«, fragte ich.

»Natürlich«, antwortete der Alte. »In seine kleine Schule keiner läuft besser!«

»Das ist ungerecht!«, platzte es aus mir heraus. »Das ist total unfair!«

Der Alte blieb ruhig. »Für Deutsche vielleicht«, sagte er. »Für algerische Leute nicht. In meine Familie Frauen laufen nicht in Stadion. Oder bei Marathon mit Zuschauer an Strecke. Kann jeder Mann ganze Zeit gucken. Gehört sich nicht.«

»Wieso nicht?«

»Ist Tradition. Ist Glaube«, antwortete er. »Fatima weiß das.«

»Aber Gott hat ihr das Talent zum Laufen gegeben! Der muss sich doch was dabei gedacht haben!«, rief ich. Abebe Bikila, der äthiopische Olympiasieger von Rom im Marathonlauf, hatte die beiden Sätze bei einem Interview gesagt. Er war die gesamten 42 Kilometer barfuß gelaufen. Ich war richtig stolz, dass mir seine Worte in diesem Augenblick einfielen.

Jetzt lächelte Herr Brahimi. »Du kluger Junge, Yakub. Sehr klug. Warum für dich so wichtig, dass Fatima läuft?«

Weil ich sonst bei der Operation sterbe, hätte ich ihm am liebsten geantwortet. Weil es mit mir nur gut wird, wenn auch Fatima eine Chance bekommt und ich mit ihr weitertrainieren kann. Doch dann hätte ich ihm auch von unseren heimlichen Verabredungen erzählen müssen. Und dann wäre alles aus gewesen.

Also sagte ich: »Ich interessiere mich sehr für Leichtathletik. Fatima kann irgendwann Weltmeisterin werden, ehrlich. Vielleicht wird sie sogar Olympiasiegerin. Lassen Sie sie laufen, bitte!«

Der Alte trank sein Glas aus, stand auf und gab mir zum Abschied die Hand. »Tut mir leid, Yakub. Du bist guter Junge, sehr guter Junge. Aber geht wirklich nicht.«

15

In dieser Nacht konnte ich lange nicht einschlafen. Millionen von Ameisen krabbelten mir auf Armen und Beinen herum. Natürlich waren es keine echten, es fühlte sich nur genauso an. Wenn die unsichtbaren Viecher etwas mit der Zyste in meinem Kopf zu tun hatten, war es wirklich am besten, wenn mich die Ärzte so schnell wie möglich von dem wild gewordenen Klumpen befreiten.

Während ich wach lag, ging mir immer wieder das Gespräch mit Fatimas Opa durch den Kopf. Herr Brahimi war nett zu mir gewesen, er war freundlich, er war mir sogar sympathisch. Vielleicht lag das daran, dass er mich mit seinem mächtigen Schnurrbart und seiner Unerschütterlichkeit an meinen Großvater in Armenien erinnerte. Und gleichzeitig war der alte Herr Brahimi, sobald es um Mädchen und Laufen ging, unbeweglich wie ein Felsblock.

Hatte ich vielleicht alles falsch angefangen? Hätte ich mehr betteln, hätte ich dem Alten sogar von meiner Operation erzählen sollen? Hätte ich versuchen sollen, sein Mitleid zu wecken und ihn damit rumzukriegen? Jetzt war es auf jeden Fall zu spät. Jetzt würde ich operiert werden, ohne die Erinnerung an Fatimas ersten großen Sieg als Glücksbringer mit auf den OP-Tisch nehmen zu können

Das Kribbeln wurde immer schlimmer, ich wollte gerade anfangen, mich zu kratzen, da flitzte mir eine Idee durch den Kopf. Ich hielt sie im letzten Augenblick fest und schaute sie mir genauer an. Fatimas Onkel war doch algerischer Meister über 3000 Meter Hindernis und um ein Haar Olympiateilnehmer gewesen, überlegte ich. Er hatte sogar die Kenianer geschlagen, was auf dieser Strecke etwa so selten vorkam wie Schnee im Juli.

Wie wäre es denn, überlegte ich, wenn er Fatima beim Stadtwaldlauf begleiten würde? Dann konnte er direkt vor ihr herlaufen und die Leute hatten weniger oder gar nichts zu gucken. Würde das ihren Großvater nicht beruhigen?

Natürlich musste es genehmigt werden, aber dafür konnte der Schrage sorgen. Unser Sportlehrer hatte uns gesagt, wie gern er drei Mädchen am Start hätte. Er würde froh sein, wenn ich ihm eine dritte Läuferin brachte.

Während ich nachdachte, verzogen sich die Ameisen in ihre Verstecke. Geniale Ideen schienen sie nicht zu mögen ...

Am nächsten Morgen regnete es. Als ich aufwachte, klatschten dicke Tropfen gegen die Fensterscheibe. Auf dem Bürgersteig sprangen die Leute – nicht immer erfolgreich – über breite Pfützen, die Autos schleppten

Gischtfahnen hinter sich her. An Tempoläufe oder ein anderes Training war bei diesem Wetter nicht zu denken.

Schlimm genug, dass ich Fatima abholen musste. Bis wir in der Schule ankamen, würden wir bis auf die Haut durchnässt sein. Aber was noch schlimmer war: Durch den blöden Regen verloren wir einen ganzen Trainingstag.

»Du bist blass, Jakob«, begrüßte mich meine Mutter. Sie wartete in der Küche mit dem Frühstück auf mich. Die Pausenbrote lagen eingepackt auf meinem Platz. »Geht's dir nicht gut?«

»Ich habe schlecht geschlafen«, antwortete ich und gähnte, dass mein Kiefer knackte. »Es hat mich überall gekribbelt.«

Sie nahm mich in die Arme. »Du Ärmster! Ist es denn jetzt besser?«

»Ja.«

»Was ist eigentlich mit dem Stadtwaldlauf? Was hat Fatimas Opa gesagt?«, fragte sie weiter.

Ich steckte mir einen Löffel Müsli in den Mund. Obwohl kleine Schokostückchen drin waren, schmeckte die Haferflockenpampe nach nichts. Pappe mit Milch sozusagen. »Er erlaubt nicht, dass Fatima mitmacht«, antwortete ich. »Ihr kleiner Bruder Hassan geht an den Start, sie nicht. In seiner Familie dürfen Mädchen und Frauen nicht laufen. Bei Wettkämpfen, meine ich. Ihre Religion verbietet das, behauptet Fatimas Opa. Und ihre Tradition auch.«

Meine Mutter strich mir über die Haare. »Schade«, sagte sie. »Vor allem für Fatima.«

»Ich habe da eine Idee«, sagte ich. Dann erzählte ich Mama, was ich mir in der Nacht überlegt hatte.

»Was ist, wenn Fatimas Onkel nicht mitlaufen will?«, fragte sie, nachdem sie ein Weilchen nachgedacht hatte. »Oder Herr Schrage es nicht möchte, weil es unfair wäre?«

»Wieso unfair?«

»Überleg doch mal: Fatima wäre die Einzige, die beim Stadtwaldlauf einen Schrittmacher hätte. Jemanden, der ihr Windschatten gibt und sie anfeuert, wenn sie müde wird«, antwortete sie. »Damit wären die anderen Schulen bestimmt nicht einverstanden – und die Läufer schon gar nicht.«

»Aber es muss doch einen Weg geben, dass Fatima mitmachen kann!«, rief ich.

»Soll ich vielleicht mal mit den Brahimis reden?«, fragte meine Mutter.

Ich schüttelte den Kopf. »Wenn überhaupt, sollte es Papa versuchen. Frauen haben bei denen nichts zu sagen.«

Meine Mutter schaute auf die Küchenuhr. »Wir müssen los, Jakob.«

»Wir?«, fragte ich erstaunt.

»Natürlich«, antwortete sie, während sie den Autoschlüssel vom Brett neben der Küchentür nahm. »Oder glaubst du im Ernst, dass ich dich bei dem Wetter zu Fuß gehen lasse? Da erkältest du dich doch! Und das so kurz vor deiner Operation! Nein, mein Lieber, ich fahre euch!«

Ein paar Minuten später klingelte ich bei Fatima. Meine

Mutter hatte direkt vor dem Haus der Brahimis geparkt. Doch schon der kurze Weg vom Auto bis zur Haustür hatte dafür gesorgt, dass ich mich trotz Anorak und wasserdichten Schuhen wie nach einer Dusche fühlte.

Fatima öffnete. Sie hatte sich bereits die Kapuze über ihr Kopftuch gezogen.

»Kein Training heute«, begrüßte ich sie. »Meine Mutter fährt uns zur Schule.«

»Deine Mutter? Deine Mutter fährt Auto?«

»Na logo. Komm!«

Während wir zur Schule fuhren, wurde der Regen mit jeder Minute stärker. Obwohl meine Mutter die Scheibenwischer bereits auf der höchsten Stufe laufen ließ, konnte sie kaum was sehen. Im zweiten Gang krochen wir durch die Stadt und fühlten uns wie in einer gigantischen Waschanlage. Auch die anderen Autofahrer fuhren nicht schneller. Vor jeder Ampel bildeten sich lange Staus.

So kam es, dass wir das Schiller-Gymnasium erst kurz vor Unterrichtsbeginn erreichten.

»Tschüss, Fatima«, sagte meine Mutter. Sie hatte während der gesamten Fahrt geschwiegen. Das war sonst nicht ihre Art. Aber sie hatte mehr als genug damit zu tun gehabt, sich auf den Verkehr zu konzentrieren. »Komm uns doch mal besuchen.«

»Auf Wiedersehen, Frau Ter-Owanesian«, verabschiedete sich Fatima, ohne auf die Einladung einzugehen. War mal wieder nicht besonders höflich, fand ich. Aber ich konnte ihr schließlich nicht alles beibringen.

Dann sprang Fatima aus dem Auto, hielt sich zum Schutz gegen den Regen die Schultasche über den Kopf und rannte mit Riesensätzen zum Haupteingang. Einen Augenblick später war sie hinter dem hohen Tor verschwunden.

»Sie ist wirklich schnell«, sagte meine Mutter.

»Du müsstest sie auf der Bahn sehen.«

»Soll ich euch heute Mittag abholen?«

»Wenn's nicht mehr regnet, gehen wir zu Fuß«, antwortete ich. »Sonst rufe ich dich an.«

In der ersten Stunde hatten wir Sport. Als ich in die Jungen-Umkleide kam, hingen überall pitschnasse Anoraks, pitschnasse Hosen und pitschnasse Socken. Auf dem Boden standen mehr oder weniger durchweichte Schuhe. Die Fliesen waren feucht und dreckig wie bei Schneematsch. Jan hatte sich vor dem einzigen Spiegel aufgebaut und rubbelte sich mit einem Handtuch die Haare trocken. Seine Freunde Kaspar und Finn-Ole schauten ihm dabei zu.

»Na, Spinner!«, begrüßte er mich, ohne mit dem Rubbeln aufzuhören.

Ich beachtete ihn nicht. Manchmal half das.

Doch nicht an diesem Morgen. »Wie geht's deiner Fatima?«, wollte er wissen.

Ich zuckte nur die Schultern.

Er warf das Handtuch in seine Sporttasche, holte eine Haarbürste heraus und widmete sich hingebungsvoll seiner Frisur. »Komm schon, du bist doch mit ihr zusammen!«

Obwohl ich eigentlich nichts hatte sagen wollen, rutschte mir ein »Stimmt ja gar nicht!« heraus.

Jan lachte. »Stimmt wohl, Spinner!«

Dann trat er so nahe an mich heran, dass sich unsere Nasenspitzen fast berührten. Das Grinsen war aus seinem Gesicht verschwunden, seine Augen hatten sich zu Schlitzen verengt. In der Umkleide war es totenstill geworden. Alle schauten zu uns herüber.

»Gut, dass deine Kopftuch-Tussi nicht mitläuft«, zischte mir Jan ins Ohr.

»Hast du etwa Angst, dass sie dich wieder stehen lässt?«, rutschte es mir heraus.

Er tat so, als hätte er mich nicht gehört, und wandte sich zu den anderen. »Die würde doch eh vor lauter Kopftuch nicht sehen, wo sie hinläuft. Den Wanderpokal verteidigen wir auch so, oder?«

»Aber hallo!«, riefen Kaspar, Finn-Ole und Nick wie aus einem Mund – und fast alle Jungs stimmten ein.

Nach der Sportstunde wartete ich, bis der Letzte gegangen war. Dann klopfte ich an die Tür der Lehrer-Umkleide. Herr Schrage öffnete mir. Er schien geduscht zu haben. Seine Haare waren nass. »Was gibt's?«, fragte er.

»Es geht um Fatima«, antwortete ich. »Und um den Stadtwaldlauf.«

Er zog seine Jacke an, verließ die Kabine und schloss die Tür hinter sich ab. »Ich gehe zum Lehrerzimmer. Komm doch einfach mit! Auf dem Weg können wir reden.«

Den Schrage zum Lehrerzimmer begleiten? Kam gar nicht infrage! Da würden mich ja alle sehen! Auch Jan und seine Freunde. Und die würden sofort Verdacht schöpfen.

»Fatima würde gern mitlaufen«, sagte ich schnell. »Aber sie darf nicht.«

»Die Teilnahme am Stadtwaldlauf ist freiwillig, ich kann niemanden zwingen mitzumachen. Wenn Fatimas Eltern nicht wollen, musst du damit le...«

»Ihr Vater ist tot«, unterbrach ich ihn. »Und ihre Mutter hat nichts zu sagen. Fatimas Großvater ist der Chef. Und der hat es verboten. Ich habe schon mit ihm geredet. Aber es hat nichts genützt.«

Herr Schrage schaute auf seine Armbanduhr. In einer Minute begann die zweite Stunde. »Und jetzt willst du, dass ich mit ihm spreche. Habe ich recht?«

»Nein, ich wollte Sie nur fragen, ob Fatimas Onkel mitlaufen darf. Wenn er auf sie aufpasst, gibt ihr Großvater vielleicht seine Erlaubnis.«

»Mhm.« Herr Schrage zog die Stirn kraus. »So einen Fall hatten wir noch nicht«, sagte er. »Ich muss darüber nachdenken. Ist Fatima denn wirklich so gut?«

»Sie ist die 800 Meter in 2 Minuten 43 gelaufen. Ich hab die Zeit selbst gestoppt!«

Der Schrage lachte. »2 Minuten 43? Ein elfjähriges Mädchen? Ohne richtige Schuhe? Du machst Witze!«

»Kein Witz! Sie ist dabei auch noch gestürzt!«, rief ich.

»Alles klar, Jakob. Und ich bin Weltmeister im Eierlaufen.«

16

Bis zum Mittag hatte sich der Regen verzogen, die Sonne war herausgekommen. Als ich nach der letzten Stunde erleichtert aufsprang – wir hatten Geschichte gehabt, der Leineweber hatte sich mit seinen Ähs mal wieder selbst übertroffen –, wurde mir von einer Sekunde auf die andere schwindlig. Fatima schien mitbekommen zu haben, was mit mir los war. Sie sprang hinter mich, griff mir unter die Arme und setzte mich vorsichtig auf meinen Stuhl zurück. Bunte Sterne wirbelten über einen tiefroten Himmel, Blitze zuckten über meine Netzhaut.

Ich atmete ein paar Mal tief ein und aus und öffnete die Augen. Der Boden unter mir bewegte sich nicht mehr. Tafel, Fenster und Tür hatten zu ihren alten Plätzen zurückgefunden. Ich spürte einen leicht ziehenden Kopfschmerz und fühlte mich ein bisschen zittrig. Ansonsten ging's mir einigermaßen.

Fatima hatte mich die ganze Zeit über an den Schultern festgehalten. Jetzt ließ sie mich los. »Alles in Ordnung mit dir?«, fragte sie, während sie Hefte, Bücher und Bleistifte in ihre Schultasche packte.

Ich nickte.

»War dir schwindlig?«

»Ein bisschen«, gab ich zu.

»Vielleicht sollte dich deine Mutter mit dem Auto abholen«, schlug Fatima vor. Verglichen mit den ersten Tagen in unserer Klasse war sie inzwischen manchmal schon fast gesprächig.

Ich schüttelte den Kopf. »Wir gehen«, sagte ich.

Und das taten wir dann auch. Wir nahmen den Weg nach Hause, den ich für unser Training ausbaldowert hatte. Schwach, wie ich mich fühlte, hatte ich nicht die geringste Lust, Jan und seinen Freunden zu begegnen. Konnte ja sein, dass sie irgendwo auf uns warteten. Für den Fall war es definitiv gesünder, den Schleichweg zu nehmen.

Zum Glück lief uns keiner von ihnen über den Weg. Dafür trafen wir jemand anderen. Jemanden, der mir in diesem Moment wie ein Geschenk des Himmels erschien. Als wir in den Brahmsweg einbogen, kam uns Fatimas Onkel entgegen. Im Gegensatz zu ihr flatterte er nicht beim Laufen. Seine Arme bewegten sich in einem perfekten Rhythmus, der langjähriges Training verriet. An seinen Füßen trug er Laufschuhe, die schon bessere Zeiten gesehen hatten. Old School, hätte mein Vater gesagt.

»Du läufst wieder?«, fragte Fatima, nachdem ihr Onkel vor uns gestoppt hatte. Aha, sie wusste also von seinen früheren Erfolgen. Alles andere hätte mich auch gewundert. Komisch, dass sie mir nichts davon erzählt hatte.

»Ich muss«, antwortete er. »Ich war heute Morgen

beim Arzt. Er hat gesagt, mein Herz ist sehr groß vom Laufen und braucht Arbeit. Sonst wird es krank.«

»Darf ich Sie was fragen?«, mischte ich mich ein.

»Du kannst mich duzen, Yakub.«

»In fünf Tagen ist der Stadtwaldlauf«, begann ich.

»Ich weiß. Du fragst wegen Fatima. Wenn der Großvater sagt ›geht nicht‹, dann geht es nicht.«

»Können Sie ... kannst du nicht mitlaufen?«

Fatima und Mahmud schauten mich mit großen Augen an. Meine Frage schien sie echt überrascht zu haben.

»Wie kommst du denn auf die Idee?«, rief Fatima.

»Ich habe gedacht, wenn Mahmud mitläuft, ist dein Opa vielleicht zufrieden. Weil dann nicht so viele gucken, meine ich. Den Schrage habe ich schon gefragt. Er will darüber nachdenken.«

Mahmud legte mir seine Hand auf die Schulter. »Warum möchtest du eigentlich unbedingt, dass Fatima mitläuft?«, fragte er. »Warum lässt du sie nicht in Ruhe?«

»Weil sie ...« Ich suchte nach Worten. »Weil Fatima schneller läuft als jeder Junge in meinem Alter. Weil sie Weltmeisterin werden kann. Und vielleicht sogar Olympiasiegerin.«

Mahmud lachte, dass sein Pferdeschwanz auf und ab wippte. »So gut bist du?«, fragte er seine Nichte, die knallrot geworden war.

Sie zuckte die Schultern.

Aber noch war ich nicht fertig. »Auf dem alten Sportplatz ist sie zwei Runden in 2 Minuten 43 gelaufen.«

»Stimmt das?«, fragte er Fatima. Anders als Herr Schrage schien er die Zeit für möglich zu halten.

Fatima nickte.

»Komm!«, rief Mahmud und rannte los. Mich ließen die beiden einfach stehen. Das heißt, nicht ganz. Fatima warf mir im letzten Augenblick ihre Schultasche zu.

Was folgte, hätte mehr Zuschauer verdient als einen Fünftklässler auf wackeligen Beinen mit Klumpen im Kopf. Fatima und Mahmud rannten den Brahmsweg hinunter, verschwanden in die Kurze Straße und kehrten zehn Minuten später zurück. Fatima kam mir mit langem Kleid und Kopftuch entgegengeflattert. Mahmud lief in seinen alten Sportklamotten, die er wahrscheinlich aus einer Kleiderkammer für Flüchtlinge hatte, wunderbar leicht neben ihr her.

»Mensch, Fatima«, sagte er nur, als die beiden wieder vor mir standen. »Mensch, Fatima.«

»Na?«, fragte ich.

Mahmud wischte sich den Schweiß von der Stirn. »Sie ist ...«, begann er und brach ab. »Sie ist unglaublich. Sie ... sie hat von Allah ein großes Geschenk bekommen. Ein sehr großes Geschenk.«

»Das habe ich auch schon gesagt«, bemerkte ich.

Fatima schwieg. Sie schaute angestrengt vor sich auf den Boden. Doch sie schien zu lächeln.

»Könntest du das mit dem Geschenk vielleicht auch ihrem Großvater erklären?«, bat ich Mahmud und fiel um.

Wie mir Fatima später erzählte, kam gerade ein Auto vorbei. Die Fahrerin hatte wohl gesehen, wie ich auf den Bürgersteig gestürzt war. Sie hielt sofort an und alarmierte mit ihrem Handy einen Rettungswagen. Der brachte mich auf dem schnellsten Weg ins St.-Josef-Krankenhaus. Fatima begleitete mich, während Mahmud im Expresstempo zu mir nach Hause rannte und meiner Mutter Bescheid sagte.

Als ich aus meiner Bewusstlosigkeit aufwachte, saß Mama mit meinem Vater an meinem Bett. Er musste mit dem Flieger gekommen sein, mit dem Auto hätte er es niemals so schnell nach Hause geschafft. Zu seinem Spieleverlag waren es 800 Kilometer. Normalerweise war er Minimum zehn Stunden unterwegs. Das hatte ich mir gemerkt, wie ich mir so vieles merkte, was andere sofort vergaßen. Aber ich war froh, dass er da war – auch wenn ich das in diesem Moment nicht zeigen konnte. Mir brummte der Schädel, am Hinterkopf hatte sich eine dicke Beule gebildet. Ich hatte keine Ahnung gehabt, wie hart Bürgersteige sind. Jetzt wusste ich es.

»Hallo, Jakob«, sagten die beiden im Duett.

»Hallo«, flüsterte ich.

»Wie geht's dir?«, fragte meine Mutter.

»Kopfschmerzen«, antwortete ich.

»Fatima hat uns erzählt, was passiert ist«, berichtete mein Vater.

»Die Ärzte sagen, du hast einen außergewöhnlich harten Schädel«, fügte meine Mutter lächelnd hinzu. »Du hast nicht mal eine Gehirnerschütterung.«

Fühlte sich aber, wenn ich ehrlich war, ganz so an. »Wo ist Fatima?«, fragte ich.

»Vor ein paar Minuten nach Hause gegangen«, antwortete Mama. »Ihr Onkel hat sie mitgenommen. Ein netter Mann!«

»Sehr nett«, bestätigte mein Vater.

»Wie konntest du so schnell hier sein?«, wollte ich von ihm wissen, während mir ein durchgedrehter Specht im Kopf herumhämmerte. Hoffentlich verpasste er auch dem Klumpen ein paar saftige Schläge.

»Ich war schon unterwegs«, antwortete er. »Als Mama anrief, habe ich ein bisschen mehr Gas gegeben. Kann sein, dass ich geblitzt worden bin«, fügte er schuldbewusst hinzu.

»Muss ich jetzt hierbleiben?«, fragte ich. Die Kopfschmerzen wurden immer schlimmer. Der Brahmsweg schien einen besonders hart gepflasterten Bürgersteig zu haben. Oder ich hatte doch eine Gehirnerschütterung.

Meine Eltern nickten.

»Ist auf jeden Fall besser«, antwortete mein Vater. »Doktor Kaya meint das auch.«

Ich schloss die Augen. Obwohl die Rollos heruntergelassen waren, schmerzte das Licht, das durch die Lamellen fiel. Am liebsten wäre ich jetzt eingeschlafen und erst nach der OP wieder aufgewacht.

In diesem Moment betrat eine Krankenschwester das Zimmer. Sie war jung und hatte schwarze Haare.

»Hallo Jakob, ich bin Schwester Sonja«, sagte sie zu mir. »Du kannst mich gern Sonja nennen.« Nachdem sie die Rollos vollständig geschlossen hatte, wandte sie sich an meine Eltern. »Sie sollten jetzt gehen. Ihr Sohn braucht Ruhe. Keine Angst, wir passen schon auf ihn auf.«

17

Als ich das nächste Mal aufwachte, war es im Zimmer finster. Nur die kleine Nachtleuchte neben der Tür warf einen unheimlichen blauen Schimmer über Betten, Tisch und Stühle. Vom Stationsflur her waren schnelle Schritte zu hören. Irgendwo fiel etwas zu Boden und zerbrach. Eine tiefe Männerstimme rief »Sauerstoff!«, dann war es wieder still.

Die Beule an meinem Hinterkopf hatte inzwischen die Form eines Hühnereis der Größe XL angenommen, dafür waren die Kopfschmerzen verschwunden.

Ich richtete mich vorsichtig auf, machte Licht und schaute mich um. Das zweite Bett im Zimmer war nicht belegt, schade.

Ich musste mal, vielleicht war ich deswegen aufgewacht. In meinem Nachtschränkchen stand zwar eine dieser komischen Flaschen, in die man pullern konnte, aber das wollte ich nicht. Immerhin war ich ja noch kein Tattergreis.

Also schwang ich meine Beine aus dem Bett, berührte mit den Fußsohlen den Boden – und ließ mich sofort wieder zurückfallen. Das Zimmer drehte sich wie ein außer Kontrolle geratenes Kettenkarussell, und die

Deckenlampe tanzte Tango. Es dauerte Minimum fünf Minuten, bis der Schwindel aufhörte.

Nachdem ich die Pinkelflasche zu einem Viertel gefüllt und weggestellt hatte, löschte ich das Licht. Wie es aussah, würde ich bis zur OP nicht mehr auf die Beine kommen. Das Training mit Fatima konnte ich damit natürlich auch vergessen. Sie würde nie Olympiasiegerin werden. Oder Weltmeisterin. Oder wenigstens Europameisterin. Nichts war so gelaufen, wie ich es mir vorgestellt hatte. Gar nichts.

Aber das Allerschlimmste: Ich war allein wie ganz bestimmt noch nie in meinem Leben. Das Krankenhauszimmer hatte sich in eine Insel auf einem finsteren Meer verwandelt, auf die sich nicht mal ein Vogel verirrte. Sie befand sich irgendwo zwischen Grönland und Island. Und ich war der arme Robinson Ter-Owanesian.

Mir war plötzlich eiskalt. Ich wickelte mich bis zur Nasenspitze in meine Decke. Trotzdem klapperten mir die Zähne.

In zwei Tagen würde der Stadtwaldlauf stattfinden. Ich wollte unbedingt dabei sein, und zwar mit Fatima – ganz gleich, ob sie mitlief oder nicht. Und dafür musste ich von dieser Insel herunter.

In der Nacht hatte ich befürchtet, mich in den nächsten Tagen fürchterlich langweilen zu müssen. Doch da hatte ich mich gründlich geirrt. Kaum hatte ich gefrühstückt, stand schon mein Vater in der Tür. Er brachte mir ein Buch über die Olympischen Spiele bei den alten Griechen mit, das er während seines Besuchs beim Spieleverlag gekauft hatte. Meine Mutter folgte eine Stunde später und brachte ihren alten MP3-Player mit, auf den sie ungefähr 10000 Titel aufgespielt hatte. Und als die beiden nach Hause gefahren waren, um Mittag zu essen, kam Fatima ins Zimmer gestürmt.

Aber sie war nicht allein, leider. Ihr Bruder Hassan begleitete sie, ausgerechnet dieser kleine Stinker.

»Was hast du?«, fragte er, nachdem er mir die Hand gegeben und sich sogar verbeugt hatte.

Ich tippte mir gegen die Stirn. »Da ist was drin, was raus muss.«

»Ein Krebs?«

»Nee, ein blöder Klumpen.«

»Gefährlich?«

»Ich glaube nicht.«

Diese Auskunft schien Hassan zu genügen. Er setzte sich an den Tisch, zog einen zerknickten Comic aus der Tasche und begann zu lesen. Finger und Zunge halfen ihm dabei. Fatima holte einen Stuhl und setzte sich zu mir ans Bett. »Ich soll dich von meinem Opa grüßen«, sagte sie. »Er wünscht dir gute Besserung und viel Glück bei der Operation.«

»Ich auch!«, krähte Hassan.

»Hat Mahmud deinem Opa von eurem Lauf erzählt?«, fragte ich.

Sie nickte.

»Und?«

»Keine Chance«, antwortete sie. »Opa findet schön, dass ich eine gute Läuferin bin. Er hat mich gelobt und sogar geküsst. Aber er will nicht, dass ich beim Stadtwaldlauf mitmache.«

»Ich darf!«, rief Hassan.

Fatima verdrehte die Augen und fragte dann: »Und wie geht's dir?«

»Eigentlich ganz gut«, antwortete ich. »Aber wenn ich aufstehe, wird mir sofort schwindlig.« Ich beugte mich zu Fatima und fragte leise: »Muss Hassan die ganze Zeit hier sein?«

Sie nickte.

»Kannst du ihn nicht mal rausschicken?«, flüsterte ich.

»Ich kriege alles mit!«, krähte Hassan.

»Klappe, Kleiner!«, wies ihn Fatima zurecht.

»Selber Klappe!«

»Du nervst!«, stöhnte sie und sagte dann lauter: »Möchtest du 'ne Cola, Jakob?«

Eine Cola? Eigentlich mochte ich keine Cola. Aber mir war klar, was Fatima vorhatte. Deshalb nickte ich und machte dabei ein Gesicht, als sei ich süchtig nach dem Zeug.

»Holst du zwei Flaschen?«, bat Fatima ihren Bruder. »Eine für Jakob, eine für dich? Unten im Eingang gibt's einen Automaten.« Damit hielt sie ihm ein paar Münzen hin.

Hassan sprang sofort zur Tür. »Na gut!«, rief er und war im nächsten Augenblick verschwunden.

Fatima zog ihr cremefarbenes Kopftuch zurecht. »Er ist verrückt nach Cola«, erklärte sie. »Schnell!«, befahl sie dann. »Was willst du mir sagen?«

In wenigen Worten erzählte ich ihr, was mir in der Nacht durch den Kopf gegangen war.

Bevor mir Fatima eine Antwort geben konnte, war Hassan schon wieder da. Er reichte mir eine Colaflasche und setzte sich mit der anderen an den Tisch.

»Und?«, fragte ich Fatima. »Überlegst du dir was?«

Sie nickte.

»Worüber redet ihr?«, rief Hassan. Er hatte seine Flasche schon ausgetrunken und schielte auf meine, die noch zur Hälfte voll war.

»Du nervst!«, erwiderte seine Schwester.

»Wenn ihr nicht sofort sagt, worüber ihr geredet habt, verrate ich's Großvater!«

»Ich wollte von Fatima wissen, ob sie mich morgen wieder besucht«, log ich.

»Genau«, sagte sie. »Bist du jetzt zufrieden?«

»Fast«, antwortete er.

»Was denn noch?«

»Mir ist langweilig«, knurrte er. »Ich will gehen.«

»Wir bleiben.«

»Großvater hat gesagt, du musst mir gehorchen. Sonst darfst du Jakob überhaupt nicht mehr besuchen«, erklärte Hassan und machte dabei ein Gesicht, als wäre er der Chefarzt persönlich.

Seufzend stand Fatima auf. »Sei froh, dass du keinen kleinen Bruder hast«, sagte sie und flüsterte, dass ich es kaum verstehen konnte: »Wir kriegen das hin.«

18

Am nächsten Morgen rauschte der Chefarzt ins Zimmer, hinter sich eine Heckwelle von Ober- und Stationsärzten, Krankenschwestern und Krankenpflegern und ein paar anderen Leuten, die weiße Kittel trugen. Er ließ sich meine Akte geben, schaute kurz hinein, gab mir die Hand und sagte dann mit leiser Stimme: »Hallo, Jakob! Weißt du eigentlich, dass du unser wichtigster Patient bist?«

Ich war der wichtigste Patient des St.-Josef-Krankenhauses? Das war nicht unbedingt die Auskunft, auf die ich gehofft hatte. »Wir müssen dich doch nicht operieren« wäre schön gewesen oder: »Das bekommen wir auch mit Medikamenten hin«. Deshalb brachte ich nur etwas heraus, das eigentlich »nein« bedeuten sollte, aber wahrscheinlich eher so klang wie »onkg«.

»Deine Zyste ist etwas ganz Besonderes«, fuhr der Chefarzt fort. »Den letzten Fall dieser Art hatten wir vor 15 Jahren.«

Inzwischen gehorchten mir meine Stimmbänder wieder. »Und?«, fragte ich.

»Wie bitte?«, entgegnete er.

»Hat er die Operation gut überstanden?«, wollte ich wissen.

Der Chefarzt lächelte. »Es war ein Mädchen. Sie hieß Julia. Ja, sie hat die Operation sehr gut überstanden. Zehn Jahre später hat sie Volleyball in der Bundesliga gespielt.«

»Echt?«

»Ja. Und wie geht's dir heute, Jakob?«

Statt zu antworten, fragte ich: »Hätten Sie was dagegen, wenn ich morgen mal für zwei Stunden verschwinde?«

Vor Überraschung fiel dem Chefarzt fast die Lesebrille von der Nase. »Wie bitte?«

»Es ist nämlich so«, begann ich. »Morgen findet der Stadtwaldlauf statt. Daran nehmen alle Schulen teil. Ich kann natürlich nicht mitmachen, das weiß ich. Aber ich möchte unsere Läufer anfeuern. Meine Mutter würde mich mit dem Rollstuhl hinfahren und auch wieder zurückbringen. Das würde sie bestimmt tun.«

Der Chefarzt schüttelte energisch den Kopf. »Nein, das geht gar nicht, das kann ich auf keinen Fall erlauben. Tut mir leid, mein Junge. So kurz vor der Operation sollten wir nichts riskieren, was ihren Erfolg gefährden könnte. Da haben wir dich gern rund um die Uhr unter Beobachtung.«

Er streckte mir die Hand hin, ich schlug ein. »Bist du selber Leichtathlet?«, fragte er.

Ich schüttelte den Kopf.

»Seid ihr eigentlich mit Igor Ter-Owanesian verwandt?«, fragte er weiter. »Dem Weitspringer?«

Ich nickte.

»Früher bin ich selbst mal weitgesprungen, musst du

wissen. Immerhin 7 Meter 65. Gar nicht schlecht, oder? Ich war auf Platz neun der deutschen Bestenliste.« Er schaute auf seine Uhr. »Ich muss weiter. Mach's gut, Jakob!«

Tja, das war wohl nichts. Hilfe von den Ärzten oder Schwestern konnte ich vergessen. Aber vielleicht geschah ja noch ein Wunder, vielleicht ließ sich Fatima etwas Geniales einfallen.

Der Morgen des Stadtwaldlaufs kam. Ich hatte in der Nacht kaum geschlafen, hatte immerzu an den Lauf denken müssen. Wäre mir nicht sofort schwindlig geworden, hätte ich mich vor dem Frühstück aus dem Krankenhaus geschlichen, ich schwör's! Aber so blieb mir nichts anderes übrig, als zu warten.

Um acht brachte mir Sonja das Frühstück. Ich nahm nur einen Schluck Tee und ließ die Brote liegen. »Hast du keinen Hunger?«, fragte sie, während sie Kissen und Oberbett aufklopfte.

»Nö«, antwortete ich.

»Hast du schlecht geschlafen?«

»Ja.«

»Hast du Angst vor der OP?«

»Nö.« Stimmte zwar nicht. Aber ich hatte keine Lust auf lange Diskussionen.

Sie setzte sich zu mir auf die Bettkante. »Was ist denn los?«

Für einen Moment war ich versucht, ihr die Geschichte von Fatima und dem Stadtwaldlauf zu erzählen und sie zu fragen, ob sie mir nicht helfen könne. Doch dann ließ ich es. Sonja würde unter Garantie ihren Job verlieren, wenn sie mich aus dem Krankenhaus schmuggelte.

»Schlecht geträumt«, antwortete ich.

Diese Auskunft schien ihr zu genügen. Sie strich mir über die Haare und verließ das Zimmer.

Ich schaute auf die Uhr. In genau 40 Minuten würde der Wettbewerb beginnen. Wenn ich mich recht erinnerte, waren die Grundschüler als Erste dran.

Wie auf Kommando öffnete sich die Tür. Ein dünnes Mädchen trat herein. Es trug pinkfarbene Turnschuhe und eine gelbe Baseballkappe, die sein schmales Gesicht fast vollständig verdeckte. Unter der Kappe kamen lockige schwarze Haare zum Vorschein. Sie reichten ihr fast bis zum Po.

»Fatima!«, rief ich.

»Psst«, machte sie, holte wortlos Jeans, T-Shirt und Schuhe aus dem Schrank, legte sie mir hin und drehte sich so lange zum Fenster, bis ich die Sachen angezogen hatte.

»Und jetzt?«, flüsterte ich.

»Wo ist dein Rollstuhl?«, flüsterte sie zurück. Die Kappe stand ihr gut, sie verwandelte sie in ein völlig anderes Mädchen. In ein verdammt hübsches dazu.

»Im Bad«, antwortete ich.

Sie holte den Rollstuhl und half mir hinein. Dann griff sie in die große Seitentasche ihres Kleids und nahm das blassgrüne Kopftuch heraus, das sie am ersten Tag in unserer Schule getragen hatte. Bevor ich protestieren konnte, band sie es mir geschickt um den Kopf. Wahrscheinlich sah ich jetzt wie meine armenische Oma aus, wenn sie in die Kirche ging.

Jedenfalls wusste ich nun, was Fatima vorhatte. Es war zwar ziemlich verrückt, aber vielleicht hatten wir ja Glück und ihr Plan ging auf.

Sie schlich zur Tür, öffnete sie und schaute vorsichtig nach links und rechts den Stationsflur hinunter. »Die Luft ist sauber«, flüsterte sie mir zu.

»Rein«, korrigierte ich.

»Was?«

»Es heißt, die Luft ist rein«, erklärte ich.

Sie blitzte mich an. Zwischen ihren Augenbrauen erschien wie immer in solchen Momenten die tiefe Falte. »Bist du der Brüll oder was?«, zischte sie.

Darauf fiel mir keine Antwort ein.

»Willst du dich mit mir über richtiges Deutsch streiten oder zum Stadtwald?«

»Zum Stadtwald.«

»Na also.«

Mein lieber Mann, die Kappe hatte nicht nur Fatimas Aussehen verändert. Das Mädchen, das ich mal für schüchtern gehalten hatte, stellte sich hinter den Rollstuhl und schob mich in Windeseile den Flur hinunter.

Ich warf einen schnellen Blick ins Stationszimmer. Wenn ich es richtig mitbekam, saßen sie dort beim Frühstück.

Wir sausten um zwei Ecken und passierten einen Aufenthaltsraum, in dem eine Putzfrau die Topfpflanzen goss. Dann standen wir auch schon vor dem Fahrstuhl.

Die Aufzugtür öffnete sich – und der Chefarzt der Neurochirurgie trat heraus. Ausgerechnet der!

»Na, ihr beiden?«, sagte er freundlich.

»Hallo«, sagte Fatima.

War unser Ausflug etwa schon zu Ende? Das durfte nicht wahr sein!

»Wo willst du denn mit deiner Freundin hin?«, fragte der Arzt Fatima.

»Zum Röntgen«, antwortete sie, ohne sich die geringste Aufregung anmerken zu lassen.

Meine Bewunderung für sie stieg mit jeder Minute. Sie war nicht nur eine fantastische Läuferin und wahnsinnig stark. Jetzt zeigte sie auch noch, wie schlagfertig sie war.

Der Chefarzt warf mir nur einen flüchtigen Blick zu und wandte sich dann wieder an Fatima. »Da müsst ihr in den siebten Stock. Dort folgt ihr dann einfach den Hinweisschildern«, sagte er freundlich und verschwand eilig in Richtung Stationszimmer.

Hoffentlich stand jetzt eine lange Besprechung mit allen Pflegern und Ärzten auf dem Programm. Denn sollte die Visite früher als sonst beginnen, würden sie schnell merken, dass ich mich verdrückt hatte. Außerdem würden sie sich denken können, wo ich steckte. Immerhin hatte ich das am Tag zuvor, ohne zu wissen, was passieren würde, verraten.

Vor meinem inneren Auge sah ich schon, wie Polizei- und Krankenwagen mit Blaulicht und Martinshorn in den Stadtwald gefahren kamen, um mich auf die Station zurückzubringen.

»Jetzt aber los!«, flüsterte Fatima.

Bevor ich mir weiter den Kopf zerbrechen konnte, schob sie mich in den Fahrstuhl und drückte auf den Knopf ins Erdgeschoss. Unten angekommen gelangten wir unbehelligt ins Freie. Wir fuhren über den Vorplatz, bogen in die Arndtstraße ein – und waren in Sicherheit. Fürs Erste jedenfalls.

Neben einer Bushaltestelle schob mich Fatima hinter einen Busch. Dort nahm sie mir das Kopftuch ab, band es sich selbst um und setzte mir die Kappe auf den Kopf.

Ich atmete auf. Wie konnte jemand nur freiwillig mit so einem Ding rumlaufen?! Unter dem Tuch begann man sofort zu schwitzen und gekitzelt hatte es auch. Aber wahrscheinlich waren Fatima und ihre Mutter daran gewöhnt.

Meine Uhr zeigte inzwischen kurz vor neun.

»Läufst du doch mit?«, fragte ich mit Blick auf ihre Turnschuhe.

Sie nickte.

»Wie hast du es geschafft, deinen Opa zu überreden?«

»Erzähle ich dir später.«

»Wann beginnt dein Lauf?«

»Um halb zehn«, antwortete sie.

»Dann nichts wie los!«, rief ich. »Vielleicht schaffen wir es noch!«

»Ich kenne den Weg nicht, Jakob!«, erwiderte sie.

»Kein Problem, ich zeige ihn dir!«

19

Natürlich hätte ich Fatima jetzt gern gefragt, ob ihr Großvater wusste, dass sie mich vor ihrem Lauf aus dem Krankenhaus holte. Aber dafür war keine Zeit.

Fatima schob mich in Höchstgeschwindigkeit durch die Stadt. Wenn sie nicht weiterwusste, zeigte ich ihr den Weg. Doch vor allem achtete ich darauf, in Kurven, an hohen Bordsteinkanten und bei plötzlichen Stopps nicht aus dem Rollstuhl zu fallen.

Zum Glück ging es die meiste Zeit nicht bergauf. Trotzdem hörte ich, wie Fatima immer schneller atmete. Ich wog 40 Kilo, der Rollstuhl vielleicht 10. Das war eine echte Herausforderung für ein elfjähriges Mädchen.

Schließlich bogen wir auf den Stadtwald-Parkplatz ein, wo sich Start und Ziel befanden. Schülerinnen und Schüler mit und ohne Laufklamotten rannten durcheinander. Eltern, Lehrerinnen und Lehrer und jede Menge Zuschauer bewegten sich in Richtung Zielgerade oder kamen von dort.

Offenbar war gerade der Lauf der Grundschulen zu Ende gegangen. Auf einem wackligen Siegerpodest standen drei Mädchen. Die Siegerehrung der Jungen war offenbar schon vorbei.

In diesem Augenblick kam der Schrage auf uns zugerannt. Gesicht, Glatze und Ohren waren rot angelaufen. »Da bist du ja endlich!«, sagte er zu Fatima. »Ich dachte schon, du kommst nicht mehr. Wir müssen uns beeilen, es geht gleich los. Bevor ich es vergesse: Dein Onkel kann leider nicht mitlaufen. Ich habe ihn bereits heute Morgen angerufen und es ihm gesagt.«

Jetzt wandte er sich an mich. »Hallo Jakob!«, sagte er. »Ich habe schon gehört, dass du operiert wirst.« Offenbar wusste er nichts davon, dass ich eigentlich im Krankenhaus hätte sein müssen. Wie es aussah, hatten sie von dort noch keinen Suchtrupp losgeschickt. »Toll, dass du trotzdem zum Anfeuern gekommen bist. Warte einen Moment, ich nehme dich gleich mit.«

Er heftete Fatima die Nummer 333 auf den Rücken und schob mich dann zum Start. »Viel Glück!«, rief ich hinter Fatima her. »Und denk an die Arme.«

Am Start warteten bereits die anderen aus meiner Klasse: Marie und Antonia, Kaspar, Pit und Jan. Alle hatten Trikots mit dem Emblem unserer Schule angezogen. Fatima war im Läuferfeld die Einzige mit Kopftuch und langem Kleid.

»Da wollen wir doch mal sehen, was die Lady draufhat«, sagte der Schrage zu mir. »Kann ich dich hier so stehen lassen?«

Ich nickte.

»Kommst du wirklich allein zurecht?«

»Klaro, Herr Schrage.«

Inzwischen hatten sich garantiert hundert Läuferinnen und Läufer aufgestellt. Jan, Kaspar und Pit standen in der ersten, Marie und Antonia in der zweiten Reihe. Fatimas Kopftuch entdeckte ich weiter hinten. Aber das war kein Problem. Wenn nichts Unerwartetes passierte, würde sie bald ganz vorn sein.

Dann gab der Schrage das Startzeichen. Als er die gelbe Flagge senkte, rannte die Meute los – viel zu schnell, wie ich fand. Schon bald waren die Läufer hinter der nächsten Wegbiegung verschwunden. Es waren zwei Runden zu absolvieren. In drei bis vier Minuten würden die Ersten wieder zurück sein. Und ich wäre jede Wette eingegangen, dass Fatima zu ihnen gehören würde.

Während ich den Rollstuhl näher zum Ziel manövrierte, löste sich Nick aus der Gruppe der Zuschauer. »Ich dachte, du liegst im Krankenhaus«, sagte er zu mir.

»Für den Lauf haben sie mich rausgelassen«, log ich.

»Fatima wird nicht gewinnen«, sagte er.

Ich lächelte. Nick war gut in Mathe. Aber von Leichtathletik hatte er keine Ahnung. »Sie wird, verlass dich drauf«, erwiderte ich.

»Jan und Kaspar haben was vor«, fuhr Nick fort.

Mir wurde kalt, obwohl die Sonne aus einem wolkenlosen Himmel schien. »Und was?«

»Das weiß ich nicht«, antwortete er. »Ehrlich nicht. Sie haben mir nur gesagt, dass Fatima nicht ins Ziel kommen wird.« Damit ging er wieder zu den anderen.

Ich schaute mich um. Die Läufer befanden sich irgendwo im Wald. Wer sollte Fatima jetzt helfen? Wäre doch wenigstens Mahmud bei ihr gewesen!

Da saß ich nun in meinem Rollstuhl und fühlte mich schrecklich hilflos. Niemand schien mich zu beachten. Obwohl um mich herum Schüler, Eltern und Lehrer aus einem Dutzend Schulen durcheinanderrannten, war ich allein. Der Lauf interessierte die Leute, nicht der Junge mit dem Klumpen im Kopf.

Während ich mich selbst bemitleidete, entdeckte ich auf einmal Fatimas Onkel unter den Zuschauern. »Mahmud«, brüllte ich. »Mahmud!«

Er drehte sich zu mir um und kam sofort herübergelaufen.

»Jakob«, rief er. »Was tust du denn hier? Ich dachte, du bist im Kranken…«

»Du musst Fatima helfen«, unterbrach ich ihn. »Ein paar Jungs wollen, dass sie nicht ins Ziel kommt.«

Ohne ein weiteres Wort rannte Mahmud los und war im nächsten Moment im Wald verschwunden. Ich hoffte sehr, dass es noch nicht zu spät war.

Jetzt waren aufgeregte Rufe zu hören, die ersten Läufer kehrten zurück. An der Spitze lagen zwei Jungs aus der Heinrich-Böll-Gesamtschule, von Fatima war nichts zu sehen. Sie folgte auf Platz 23, gut eine Minute hinter den Spitzenreitern. Mir fiel ein Stein vom Herzen. Als sie losrannte, hatte sie die Arme am Körper entlanggeführt, wie ich es ihr gezeigt hatte. Jetzt flatterte sie wieder wie ein beschwipster Albatros.

»Was ist los?«, rief ich ihr zu.

»Müde!«, glaubte ich zu verstehen. Dann war Fatima verschwunden, gefolgt von Pit, der auf Platz 27 lag.

War meine Entführung aus dem Krankenhaus vielleicht doch zu anstrengend für sie gewesen? Bezahlte sie nun dafür, dass sie unmittelbar vor dem Lauf fünfzig Kilo durch die halbe Stadt geschoben hatte?

Auf den Plätzen 48 und 49 liefen Kaspar und Jan an mir vorbei. Wie es aussah, waren die beiden nicht besonders gut in Form. Oder sie hatten schon eine Begegnung mit Mahmud gehabt.

»Jakob!«, hörte ich plötzlich die Stimme meiner Mutter. »Da bist du ja!« Dann war sie auch schon bei mir und knutschte mich dermaßen ab, dass es mir echt peinlich war. »Das kannst du doch nicht machen«, sagte sie vorwurfsvoll.

Ich stellte mich dumm. »Was, Mama?«

»So einfach abhauen. Ich wollte dich im Krankenhaus besuchen und dein Bett war leer! Und der Rollstuhl war weg! Der Chefarzt wusste sofort, wo du steckst!«

Hätte mich auch gewundert, wenn es anders gewesen wäre.

»Ich bring dich jetzt zurück, Jakob.«

»Nein.«

Meiner Mutter verschlug es für einen Moment die Sprache. Das nutzte ich aus. »Fatima ist gerade in der letzten Runde.« Ich schaute auf die Uhr. »Gleich werden sie zurück sein. Bitte, Mama, ich kann hier noch nicht weg!«

Bevor meine Mutter antworten konnte, ertönten Rufe, die immer lauter wurden. Dann bogen die beiden Heinrich-Böll-Schüler in die Zielgerade ein. Aber gleich hinter ihnen lief …

»Fatima!«, brüllte ich. »Fatima! Lauf!« Keine Ahnung,

ob ich jemals in meinem Leben so laut gebrüllt habe. Jedenfalls schien es zu wirken, denn tatsächlich beschleunigte Fatima noch einmal. Vielleicht 50 Meter vor dem Ziel überholte sie den ersten, kurz darauf erreichte sie den zweiten Jungen.

»Fatima!«, brüllte ich.

Und es war kaum zu glauben, auch von anderen Zuschauern waren jetzt »Fatima, Fatima!«-Rufe zu hören. Sogar meine Mutter, die sich sonst nicht die Bohne für Sport interessierte, feuerte sie an.

Für die Dauer eines Wimpernschlags schien Fatima den Jungen abschütteln zu können. Doch der gab sich nicht geschlagen, im Gegenteil, er mobilisierte seine letzten Kräfte. So liefen die beiden Schulter an Schulter nebeneinanderher.

Unter dem Geschrei der Zuschauer stürzten sie schließlich über die Ziellinie und blieben schwer atmend auf dem Schotterweg liegen. Der Drittplatzierte legte sich gleich zu ihnen.

»Im Lauf der Klassen fünf und sechs gab es ein totes Rennen«, ertönte Schrages Stimme aus dem Lautsprecher. »Den gemeinsamen ersten Platz belegen in einer Zeit von 5 Minuten und 48 Sekunden Fatima Brahimi vom Schiller-Gymnasium und Marius Wilke von der Heinrich-Böll-Gesamtschule. Fatima hat dabei den Stadtwaldlauf-Rekord in ihrem Jahrgang um nicht weniger als vierzig Sekunden verbessert. Eine Leistung, vor der ich nur den Hut ziehen kann. Wir gratulieren!«

Beifall brandete auf, wieder waren laute »Fatima!«-Rufe zu hören. Ich glaubte sogar, Nicks Stimme zu erkennen.

»Donnerwetter«, sagte meine Mutter. »Aber das Mädchen braucht unbedingt andere Laufschuhe. Das Pink ist einfach schrecklich!« Gerade wollte sie den Rollstuhl drehen, um mich zum Auto zu bringen, da rappelte sich Fatima auf und kam zu uns gehumpelt. Die beiden Jungen blieben noch liegen.

»Ich gratuliere«, sagte meine Mutter und gab ihr die Hand. »Hast du dir wehgetan?«

Fatima zuckte mit den Schultern. Ihr Gesicht war ein einziges großes Lächeln. »Zufrieden?«, fragte sie mich.

»Ja. Sehr sogar. Aber du hättest den Jungen abhängen können«, fügte ich hinzu.

»Ich weiß.«

»Und du hast wieder viel zu viel mit den Armen geschlenkert.«

»Ich weiß.«

Jetzt kamen auch Charlotte, Marie und Laura zu uns herübergelaufen. »Den Angebern hast du's gezeigt!«, rief Charlotte und umarmte Fatima. Die ließ es geschehen. Besonders wohl schien sie sich dabei aber nicht zu fühlen. Na, sie würde sich schon noch daran gewöhnen.

»Du bist echt schneller als der Schall«, sagte Marie und wischte sich den Schweiß von der Stirn. »Ich dachte, du hebst ab!«

»Jakob hat mich trainiert«, erklärte Fatima.

»Jakob?«, riefen die drei Freundinnen im Chor.

Fatima nickte. »Ohne ihn hätte ich es nicht geschafft.«

»Wir müssen los«, unterbrach uns meine Mutter.

»Kommst du mich heute Nachmittag besuchen?«, fragte ich Fatima. »Bitte!«

»Ich versuch's, Jakob.«

Sie wollte noch etwas sagen, da schob sich Fatimas Großvater durch die Menge. Wo kam der denn so plötzlich her? Ohne mich und meine Mutter zu beachten, packte er seine Enkelin am Arm und zog sie in Richtung Bushaltestelle. Fatima folgte ihm, ohne sich zu wehren.

Marie und ihre Freundinnen schauten den beiden mit offenen Mündern nach.

»Halt!«, rief meine Mutter.

Der Alte blieb stehen. »Ja?«

»Wohin bringen Sie Fatima?«, fragte Mama.

»Nach Hause«, antwortete Herr Brahimi.

»Aber es kommt noch die Siegerehrung«, sagte meine Mutter. »Da muss Fatima doch dabei sein! Immerhin ist sie Erste geworden!«

Fatimas Großvater schüttelte den Kopf. »Wir gehen nach Hause«, wiederholte er.

Meine Mutter wollte noch etwas sagen, aber jetzt mischte sich Fatima ein. In ihren Augen standen Tränen. »Schon gut, Frau Ter-Owanesian«, sagte sie leise. »Wir gehen nach Hause.«

»Mach das nie wieder«, sagte Mama, während sie den Motor anließ und losfuhr.

Um den Rollstuhl unterzubringen, hatte sie die Rückbank ihres Wagens umklappen müssen. Herr Schrage hatte ihr geholfen, mich auf den Beifahrersitz zu hieven.

»Was denn?«, fragte ich. Mit meinen Gedanken war ich bei Fatima. War ihr Großvater so wütend gewesen, weil er ihr doch nicht erlaubt hatte mitzulaufen? Durfte sie von jetzt an gar nicht mehr raus? Würden wir uns nur noch in der Schule sehen?

»Hau bitte nie wieder ab, ohne uns Bescheid zu sagen, wo du steckst«, fuhr meine Mutter fort.

»Versprochen, Mama.«

»Wie geht's dir?«

»Mittel«, antwortete ich.

»Wegen Fatimas Opa?«

»Ja.«

»Hast du eine Ahnung, warum er so wütend war?«, fragte sie weiter.

»Ich kann's mir denken, Mama«, sagte ich nur.

»Ich mir auch«, sagte sie nach einem Moment des Schweigens.

»Aber die gute Nachricht ist«, fügte ich hinzu, »ich habe keine Angst mehr vor der Operation.«

»Wie meinst du das?«

»Wenn Fatima es geschafft hat, dann schaffe ich es auch.«

Meine Mutter stoppte an einer roten Ampel, beugte sich zu mir und nahm mich in die Arme. Angeschnallt, wie wir waren, war das gar nicht so einfach.

»Aber das Wichtigste ist, dass Fatima gewonnen hat«, sagte ich und befreite mich aus der akrobatischen Umarmung meiner Mutter. »Dass jeder gesehen hat, wie gut sie ist. ›Fatima!‹ haben sie geschrien, Mama. Sie haben ›Fatima!‹ geschrien!«

Sie nickte. »Das war echt toll, Jakob. Und jetzt erzählst du mir bitte, wie du aus dem Krankenhaus rausgekommen bist!«

20

Im St.-Josef-Krankenhaus gab es erstaunlich wenig Ärger. Alle schienen froh zu sein, dass ich wieder da war. Der Chefarzt nahm mich sogar höchstpersönlich in Empfang.

Er hätte unsere Flucht verhindern können, hätte er ein bisschen genauer hingeschaut. Aber jetzt zwinkerte er mir nur freundlich zu, murmelte: »Ohne Kopftuch siehst du besser aus«, und verschwand in seinem Büro.

Meine Mutter blieb noch eine Weile bei mir. Sie hatte einen Prototyp des neuen Brettspiels mitgebracht, das mein Vater entwickelt hatte. Wir bauten es auf meinem Nachtschränkchen auf und spielten ein paar Runden. Die Regeln waren leicht zu verstehen und das Spiel war wirklich spannend. Allerdings hätte es noch mehr Spaß gemacht, wenn wir zu viert oder zu sechst gewesen wären. Trotzdem verging die Zeit wie im Flug.

Kurz vor Mittag brach meine Mutter auf. Mein Vater hatte Bohneneintopf mit Brühwurst gekocht und da wollte sie auf jeden Fall pünktlich sein – auch wenn sie das Gericht genauso wenig mochte wie ich.

»Na, du Ausbrecherkönig«, knurrte Sonja, als sie mir mit Verspätung das Mittagessen servierte. Es gab Hühnerfrikassee auf Reis, ausgerechnet. Ich hatte mal im Fernsehen einen Film über Hühnerhaltung gesehen, der mir für ein paar Tage den Schlaf geraubt hatte. Seitdem hatte ich das Fleisch der armen Vögel von meinem Speiseplan gestrichen. Ich würde den Reis essen und den Rest zurückgehen lassen – ganz gleich, was Schwester Sonja davon halten mochte.

»Wo warst du?«, wollte sie wissen.

»Im Stadtwald.«

»Was hast du denn da gemacht?«, fragte sie erstaunt.

Ich lächelte. »Das ist eine lange Geschichte. Ich erzähle sie Ihnen nach der Operation.«

»Wirklich?«

»Ich schwöre!«

Nach dem Essen schlief ich ein, die Aufregungen des Vormittags waren wohl doch ein bisschen zu viel für mich gewesen. Ich wurde wach, als es an die Tür klopfte. Im nächsten Moment kam Fatima herein – und hinter ihr Hassan. Der Kleine ließ seine große Schwester wirklich keine Sekunde aus den Augen.

»Ich habe gewonnen!«, krähte er. »Der Zweite hatte fünf Minuten Rückstand!«

»Toll«, sagte ich.

»Ich werde Olympiasieger«, fuhr er fort.

»Bestimmt«, sagte ich.

Fatima verdrehte mal wieder die Augen. »Angeber«, murmelte sie, während sich ihr Bruder wie beim letzten Besuch an den Tisch setzte. Er holte einen uralten Gameboy aus der Hosentasche und begann zu spielen.

Ich hoffte, dass ihn das länger beschäftigte als ein Comic.

»Hassan hatte nur fünf Sekunden Vorsprung«, flüsterte sie.

»Dein Großvater war echt sauer«, sagte ich, nachdem sie sich zu mir ans Bett gesetzt hatte.

Sie nickte.

»Weil er dir verboten hat mitzulaufen, stimmt's?«

»Stimmt.«

»Von wem hat er denn erfahren, dass du trotzdem mitläufst?«, fragte ich weiter.

»Keine Ahnung, Jakob.«

»Er wollte mir zugucken!«, krähte Hassan, der offenbar noch nicht zu spielen begonnen hatte. »Opa wollte sehen, wie ich gewinne!«

Wir schauten uns an. Der Alte war wegen Hassan in den Stadtwald gekommen! Daran hatten weder Fatima noch ich gedacht.

»Und jetzt?«, fragte ich.

Sie zuckte mit den Schultern. »Ich habe meinen Großvater noch nie so wütend gesehen. Er wollte mich von der Schule nehmen und zu Verwandten nach Frankreich schicken. Bis dahin sollte ich nur zu Hause sitzen. Stell dir das mal vor!«

Mir blieb fast das Herz stehen. »Und dann?«

»Da hat meine Mama es nicht mehr ausgehalten. Sie hat gesagt, dass sie mit mir weggeht, wenn er das tun sollte.« Sie lächelte. »Das hat gewirkt.«

»Das war ganz schön mutig von deiner Mutter, oder?«, stellte ich fest.

Sie nickte.

Ich nahm ihre Hand. Sie ließ es geschehen. Hassan schien in sein Spiel vertieft zu sein.

»Also erzähl!«, forderte ich sie auf.

»Was denn?«

»Was wohl? Wie das Rennen gelaufen ist«, antwortete ich. »Vom ersten bis zum letzten Schritt.«

Sie warf einen Blick zu ihrem Bruder hinüber. »In Ordnung«, sagte sie. »Aber das kann dauern.«

»Ich habe Zeit.«

So erfuhr ich, dass es Fatima tatsächlich eine Menge Kraft gekostet hatte, mich im Rollstuhl durch die Stadt zu schieben. Davon war sie so erschöpft gewesen, dass sie bereits kurz nach dem Start überlegt hatte, das Rennen aufzugeben. Aber dann hatten sich Jan und Kaspar aus der Spitzengruppe zurückfallen lassen und waren plötzlich neben ihr hergelaufen. Dabei hatten sie immer wieder versucht, sie in den Graben neben dem Weg abzudrängen.

»Haben sie es geschafft?«, fragte ich gespannt.

Fatima schüttelte den Kopf. »Auf einmal kam Onkel Mahmud aus dem Wald und hat sich die beiden geschnappt«, erzählte sie. »Ich hatte echt keine Ahnung, dass er da war. Er hat ihnen gesagt, dass er sie bis zum Ende des Laufs im Auge behalten wird. Wenn sie auch nur in meine Nähe kämen, gäbe es Ärger. Großen Ärger!«

Sollte ich ihr verraten, dass ich ihr Mahmud nachgeschickt hatte? Offenbar hatte er ihr nichts davon erzählt. Also ließ ich es auch.

Danach hätte sie ihre Müdigkeit total vergessen und sich Schritt für Schritt nach vorn gekämpft, berichtete sie weiter. Die Jungs von der Heinrich-Böll-Schule seien aber eigentlich schon viel zu weit weg gewesen.

»Du hast sie trotzdem eingeholt«, stellte ich fest.

Sie nickte. »Ich habe gehört, wie du meinen Namen gerufen hast und die anderen aus unserer Klasse auch. Da ging es auf einmal ganz leicht. Den Rest kennst du ja«, beendete sie ihren Bericht.

»Was ist mit dem Wanderpokal?«, fragte ich.

»Den kriegt die Heinrich-Böll-Gesamtschule«, antwortete sie. »Hätten Jan und Kaspar nicht aufgegeben, hätten wir ihn behalten.«

»Weil deine Zeit so gut war«, sagte ich.

Sie nickte. Wenn ich mich nicht täuschte, war sie ein kleines bisschen rot geworden – vor Stolz, nehme ich an.

»Nick hat mir übrigens verraten, dass die beiden was vorhatten«, erzählte ich.

»Nick ist in Ordnung«, erwiderte sie. »Er hat mir sogar gratuliert. Genau wie Pit. Der ist bei den Jungs Fünfter geworden.«

»Mir ist langweilig!«, unterbrach Hassan unser Gespräch.

»Cola?«, fragte mich Fatima.

»Meinetwegen.«

»Holst du noch mal zwei Flaschen?«, bat sie ihren Bruder.

Sofort sprang der Kleine auf, steckte das Geld ein, das Fatima ihm gab, und verließ das Zimmer.

Danach schaute mich Fatima eine kleine Ewigkeit schweigend an. »Bist du jetzt zufrieden, Jakob?«, fragte sie irgendwann.

»Sehr.« Ich grinste. »Nur deine Zeit hätte besser sein können.«

»Vergiss nicht, dass ich dich durch die Stadt geschoben habe«, erwiderte sie. »Und Kaspar und Jan haben mich auch aufgehalten.«

»Beim nächsten Mal läufst du sie alle in Grund und Boden. Wetten?«

»Lieber nicht.«

Im nächsten Moment war Hassan zurück. »Was sagst du dazu, dass deine Schwester gewonnen hat?«, fragte ich ihn, als er mir eine Colaflasche reichte.

»Das war nicht schlecht«, antwortete er. »Aber sie hat nicht allein gewonnen, sie ist eben nur ein Mädchen. *Ich* habe allein gewonnen.«

»Angeber!«, rief Fatima.

»Das sage ich Opa!«

»Tu's doch!«

So wäre es wahrscheinlich noch länger hin und her gegangen, wäre Doktor Kaya nicht ins Zimmer gekommen. »Aha, unser Ausreißer hat Besuch«, sagte er.

»Das ist Fatima«, stellte ich meine Freundin vor.

»Und ich bin Hassan!«, krähte der Kleine.

»Du bist doch das Mädchen, das heute Morgen diesen Stadtwaldlauf gewonnen hat«, sagte der Doktor.

Fatima nickte.

»Woher wissen Sie das?«, fragte ich.

»Sie haben die Siegerehrung gerade eben in den Lokalnachrichten gebracht«, antwortete Doktor Kaya. »Das oberste Treppchen bei den Mädchen ist zwar leer geblieben, aber sie haben deinen Namen genannt. Fatima Brahimi, stimmt's?«

»Stimmt.«

»Ich finde es toll, dass du mitgelaufen bist«, fuhr er fort. »Hoffentlich folgen andere muslimische Mädchen deinem Beispiel.«

Fatima wurde rot. »Jakob hat mich entdeckt«, murmelte sie.

»Das ist schön. Aber ihr müsst jetzt leider gehen«, sagte der Arzt.

»Warum?«, fragte Hassan.

»Ich habe mit Jakob zu reden. Er wird operiert, weißt du.«

»Tschüss, Jakob.« Fatima stand auf.

»Tschüss«, sagte ich. »Und danke!«

»Wofür?«

»Dass du gelaufen bist.«

Epilog

Tja, so war das. Die Operation verlief übrigens ohne besondere Probleme. Danach war ich ein paar Tage ziemlich durcheinander. Ich verwechselte Schwester Sonja mit meiner Mutter und hielt den Chefarzt für den Brüll. Von Doktor Kaya erfuhr ich später, dass das bei einer Hirnoperation nicht ungewöhnlich ist.

Schon nach einer Woche machte ich auf dem Stationsflur meine ersten Gehversuche. Fatima half mir dabei, während mein Vater zur Sicherheit den Rollstuhl hinter uns herschob. Ich war wacklig auf den Beinen, schaffte es aber zum Stationszimmer und zurück. Der Chefarzt war sehr zufrieden mit mir.

Seit gestern gehe ich nun wieder zur Schule. Lange dauert es nicht mehr bis zu den Sommerferien. Mein Vater hat ein Haus an der italienischen Riviera gemietet. Sein neues Spiel kommt so gut an, dass wir zum ersten Mal für vier Wochen wegfahren werden.

Schön wäre es natürlich, wenn Fatima mitkäme. Aber das würde ihr Großvater niemals erlauben. Wenn ich sie zu Hause besuche, lässt er sich übrigens nicht blicken. Er scheint immer noch wütend auf uns zu sein. Doch Fatima ist sicher, dass er sich irgendwann beruhigen wird. Algerische Männer seien nun mal so. Ihre Mutter versorgt uns nach wie vor zuverlässig mit Süßigkeiten.

Ich bin schon jetzt auf die nächste Zahnuntersuchung gespannt.

Nach den Ferien werden wir wieder mit dem Training beginnen. Gleich nach dem Stadtwaldlauf hat der Leiter des Olympiastützpunkts die Brahimis besucht. Er hatte Fatima laufen sehen und war so begeistert gewesen, dass er sie in seiner Laufgruppe hatte haben wollen. Aber da war er bei dem Alten auf Granit gestoßen.

Mahmud hat versprochen, sich für sie einzusetzen – selbst wenn es ein Jahr oder mehr dauern sollte. Bis ihr Großvater es doch noch erlaubt, wird der Weg zur Schule unser Trainingsgelände bleiben.

Kaspar, Finn-Ole und Jan lassen uns im Übrigen in Ruhe. Jan ist so still geworden, dass uns allen fast ein bisschen was fehlt …

Jürgen Banscherus

Keine Hosenträger für Oya

Hosenträger sind das Erkennungszeichen einer Jungenbande in einem Vorort von Dortmund. Das türkische Mädchen Oya wollen die Jungs natürlich nicht dabeihaben, auch wenn ihr Bruder Sinan beim geplanten Bau eines Floßes der Anführer ist. Sinan findet das bescheuert und sucht sich lieber andere Freunde. Dass er sich dabei einer Gruppe von Ladendieben anschließt, erkennen die Hosenträger erst, als es fast zu spät ist. Höchste Zeit, sich für einen Freund stark zu machen! Jürgen Banscherus erzählt in dieser spannenden Bandengeschichte auch vom Leben einer türkischen Familie in Deutschland.

176 Seiten • Arena-Taschenbuch
ISBN 978-3-401-01581-1
www.arena-verlag.de